木霊を隠していたことが分ってしまうの
一輪　開いて　ぽん　幽かなおとがして
山の空気は山へ帰っていく

話してくれた祖母は
百歳の手のひらを　そっと
蕾が開くときのように開いて見せた
無数のしわに刻まれた手のひらから
七月の無音のおとが空に放たれた

しずかに目をつむってお聞きなさい

現代詩文庫　236

思潮社

続・財部鳥子詩集・目次

詩集〈烏有の人〉から

吟行詩集

装幀・菊地信義

詩篇

詩集〈烏有の人〉から

月光

月夜にはふしぎな季語を使う
〈亀鳴くと華人信じてうたがはず〉　麦斗
亀の声は異人にだけ聞こえると
宗匠は信じて疑わず
私は自分が華人だと信じて疑わず

月光は草をかきわけて泥のように眠ったまま
万象の影は静かに移ろいながら
気を失っている

小さな庭の隅では早くも
線香花火の火玉が沸りながらジジーッと鳴り
闇に落ちるたましいを真似ようと身悶えるが
たましいは火でもなく声でもない

今日の家計簿の電卓をたたいていると
机の下でやはり――亀鳴く
私は飛ぼうとするたましいを
必死に手で囲んでいる

白絹と時と鏡

どういうものが虚空にのしかかり
のしかかり重圧をかけたのか
かけられたもの――鏡がこなごなにくだけた
こなごなにくだけた鏡が映していた
　ひとりの老人の顔が
こなごなにくだけた――
破顔一笑してというふうに
あるいは爆裂するように
　威厳ある老人の顔が

くだけ

残像を受けいれにくい顔が
残像のない顔の記憶にかさねられて
ついには顔の容量さえもなくなり
森林の土が腐った葉で作られるように
もとへ戻せない——
　　闇のなにものかとなり
やがて闇のなかの　なにものでもなくなる

なにものでもない時間のほつれた堆積から
　　威厳ある老人の顔が
板切れや縄とともに流れでて（流れでて）
波間に放たれた気配の
その息が
わたしに重くのしかかり（のしかかり）
脅すように
おまえは在るのだ　という
それは波にくだけ（くだけ）

あるときでしかないときに波にくだけ
指定するわけにはいかない　あるときに

虫食いのある白絹の礼装用手袋の片方だけが
鏡の裏から発見されたが——かれは
爆裂のかけらのように近衛士官だったのだろうか
それとも手品師だったのか
虫食いの白絹のようにあらわれる
　　威厳ある老人の顔が
祖父という名詞が
どこにもない場所で呼んでいる声が聞こえない

かの烏有にひとしい人はいう
見ないものは　見たようにも　あり得る
見たものも　見ないもののように　あり得る
白絹の手袋と今ここにいるお前のように
——ふっと消えている

烏有の人 I

温泉

熊岳城の温泉へ行ったのはいつのことか忘れた
裸の父に抱かれていた
その全体が恐い

　　　　窓辺にはゴムの樹　すっ裸の垢擦り人

青黛ではなく　陽の光だった
瞼の上を銀色に染めて
父は石と木の音を高く反響させながら
甦った人のように湯のなかからザブリと立ち上がる
胸から湯気を放射している
「ここまで沈めというのに
もう出てしまうのか」
とわたしは叱言をいわれた
小さな肩をぐいと押されて湯のなかへ沈められた
死にそうな気分だ

　　　　湯気に曇る窓からは禿げた山が見えた
　　　　鷹がぐるぐる飛びまわっていた

逆光に湯気を巻きあげている正体が恐ろしい
その正体が板の上で香気を包んで紋服を着た
その鋼の体　性器もかくれた

しかし　あれは温泉だろうか
湯灌だろうか
どちらとも知れない……

毛並み

何を書いてもいいわけではない
書く規則というものがある
日付と天候　受信と発信は正確に
あとは人間のその毛並みに随って好きに書け
と父はいっていた

子供日記の　日付も天候もないある頁に　わたしの一日
が書かれている
えんぴつの文字が頁からはみ出している

ひっそりと息をつめているビーグル犬をいっぴき　ド
ロップの空き缶に隠して家に戻りました（何という嘘
つきだったろう！）
ドアがギィーと鳴って　お父さまは休んだかしら　と
心臓が止まりそうになりました
スタンドランプのなかへ犬を閉じ込めると　毛並みが
濃緑色に見えます
灯をつけて　寂寞の日記を長々とつけています　あな
た（あなたとは誰なのか？）
ビーグル犬がスタンドの中でわんわん吼える　しい
っ！　あした骨をあげようね　知恵の輪もね　鳴きや
まないのでズックの上履きを投げつけました　シンと
したそのかわいい尻尾……（いいかげんにしろ）
わたしは毎夜　空無の毛並みをギュッと抱きしめていた
らしい

使役

北緯五五度のゼーヤという所で
ドハジャーガ（栄養失調者）になっている父を想像した
ロシア語を学んでいたころのこと
ロシア語には実質があるが父がそこにいたという証拠は
なかった

フラグメント

廃墟のフランネル
こわれた額縁の割れめにたまる煤

没落

蜩の声が湧くほどの傾斜から
何というスピードで太陽は没落するのだろう！

わたしが老いてゆく
あなたは見ている

風鐸

わたしには父の実像が欠けていた　父　それが指すところのものはツタンカーメンのように烏有　うつくしい優曇華のように烏有であるらしい　詩は存在するが　詩人は存在しないように　父を思い出そうとしてもそれは空無を探るように何もない

旧き塔の風鐸ゆれるとは知らず狛犬の石鈴が鳴ると思ひき　　鳥子

青堆子《チントイズ》へ旅したときのうた　天空と地上の鈴が同時に鳴るのが聞こえた　あるいは聞こえなかった　そして歌が生まれた　この境地へ至ってわたしはやっと人生を知りそめたというべきか

烏有の人 II

しめった土の洞からあなたが発する風がある。そのしずかに吹いてでる風をユーカリの樹は葉をゆらして知らせている。だれに？　だれにだろうか、わたしにではない、わたしはちがう。わたしは率先してあなたに風をあたえたのだから。

ユーカリの樹のむこうは灌木の林になっていて淡い青空がひろがり、その果ては海だ。カモメがするどく呼びかわしている。呼びかわしている。カモメはあなたの風をあなたが思うところへ運ぶことができるだろう。むかしわずかな手勢でこの土地の武将が立てこもったという荒々しい切り立った崖が、海の方へ倒れかかっている。その海と、空のあいだに拡散していくのがあなたの風、そしてあのカモメ。

海岸に敷かれた菱形の石の美しくない（みにくい）舗道に腰をおろして、わたしは崖の裏の灌木の下にあるあなたのついの居場所を思ってみる。しめった暗闇のなかであなたのガウンの袖のなかは空っぽで、だからこそ袖は、空っぽのあなたに満たされているともいえる。その消えた腕はわたしの肉と血となったのだろう。この肘なのだろう。それは、この脚や胸、うなじ。ことばでは満たされないもの、それは拡散するものであって引き継がれたもの。

長いあいだ水桶を肩に運んでいた。いや、天秤棒ではなく、そうではなくあれは機関砲だ。鉄のにぶく底光りするずしりと重い武器、発射すれば肩をはげしく打ちかえす鉄。その感覚は腕にのこったまま土に吸われ、土でもあるわたしの肉体に引き継がれて、あるときはわたしも武器をもった感覚を呼び覚まされる。酷薄なエネルギーに満たされる。なぜきみはそうなんだとしばしば恋人がいうように、もう一人のわたしがどこかで目覚めてくるとき、ほっそりとした女の腕であるわたしの腕にみなぎる高揚はたしかに殺意だと認められる。祖父は――そう、この空っぽは、ただしく祖父と呼ばれるもので、血と肉と感覚を伝えた者としてわたしからは拭いとれない。

祖母、それにもう一くみの祖父母もわたしの上にいくらかの印を与えているらしいが、わたしのこの顔はたしかにあの男のものだ。長い首と高い鼻、吊り上がった眼とこけた頬、誇りと卑下が同居した収拾のつかない表情は異民族におそれられ、同族に誤解される。

風はかびの匂いがしてわたしにはあなたがかすかに身動きしているのがわかる。わたしはあなたによって寂しいらしい。喜びもあるらしい。あなたが繋いだいく人もの女の血のなかから、それはカモメにのって吹いている。あなたがいなければわたしは海面を吹いていく風ですらないと思えば、あなたの身動きがわたしのなかで動きだす。

中国の故事にあるあの死骸の脈絡にそって十八個の灸をすえれば、蘇生する善人のようにではない、そうではなく、あなたは悪人で、いつも死と隣り合わせて油断もなく息をつぎ、どこに安息があるかとも思わずに、胸に機関砲を抱きしめて充足していた。

切り立つ崖の足もとに波が打ち寄せ、空き缶やタッパーや藻をはこんでくる。そう、もうそろそろ満潮がはじまるらしく菱形の石の舗道の上にも波が上がってくる。まもなくお前の上にも打ち寄せる、とあなたはつぶやく。覚悟しろ、けっして侮るな。あの口調にある記憶にもない古い時間の錆びがなつかしい。なにを侮るなというのだろう。波はわたしを激しくゆり起こす、まるで生きていたときのあなたのように。

でも、わたしは目覚めたのだろうか。いや、覚めもやらずもうろうとして、あなたの手を摑もうとしている。水平線に夏のおわりの入道雲がわきだしている。もくもくとわきだしている。光っている湾に釣船が帰ってきた。海も空もまるで感覚があるように色をかえはじめる。わたしはあなたの生きた感覚を呼びもどそうとしてそう思うのかもしれない。時間に干拓された沼があることを知ったのだ。寂しいカモメの鳴き声がすべてを運んでいってしまうから、一人で満ちたりているのではないことを知ったのだ。何と早く駆けていく雲、日の終り、不在がたちまち現われ、わたしは不在のものと共に風がたそがれの方へ落ちていくのを見ている。

真言——烏有の人

これは瓦礫です。誰かがわたしの足首のあたりを蹴飛ばしながらいうのです。

ヒトはもともと瓦礫になりやすいものだ、という叔父の声です。

蹴飛ばしたのはそのヒトだろう。ここが瓦礫の入り口だよ、ともいう。

彼の左足はときたま宙に浮いた。左目が白濁して見えなかった。

鉄工場の炉の爆発のせいで片足を浮かせて歩くだろう。

彼は若い器官を損傷したばかりのころ、寺に入ってわが身の弁償法を探すだろう。冥想に入って足をなお悪くするだろう。

玉の格言を嘲笑する資格があるのです。叔父はわたしに「艱難なんじを瓦礫にす」と教えたものです。その瓦礫はどこまで心臓の弁をはずし、まじめな脳を崩すのでしょう？　この人が孤児同様のわたしに学費を出したのです。

青い法衣を着た叔父が大きな袖に風をはらませて歩いていく。片足を浮かせて。

瓦礫の砂漠、瓦礫の風、ここの幻想、なにがここに集まるのか？

水のない瓦礫砂漠に轟音をあげて山手線の満員電車が走っている。

彼はお経できたえた喉で朗々という。

三十年前のお前が子を生まなければ、電車のあいつらはほとんどが不在なんだ。

週刊誌を読んでいる凡庸なあの若い男も、枝毛をむしっているあの女の生殖も不在なんだ。お前が生んだために、生んだために、この瓦礫の砂漠だ。彼は憎しみをあらわに強くいいます。わたしの憎悪こそ真言というものだ、と。

その真言にわたしは、ただ涙が流れます。

理由のない憎悪と期待に応えられなかった悲しみに涙が流れます。

青い羅の袖が瓦礫からの風をはらんでいる。重い砂が隻眼の僧を砂漠に打ち倒し葬るでしょう、葬るでしょう。

彼は重苦しい瓦礫だった。

叔父は鉄のフレームと白いシーツのベッドにしばりつけられています。瓦礫ではなく、瓦礫砂漠ではない、固いベッドにしばられて。

彼は病室のくもった窓に目を向けているが見えないでしょう。なんにも。存在は白濁して消えているでしょう。

しかし、彼はそこにいます。不機嫌です。

この不機嫌なファシズムは滅びなければならない。 いや
どうせ滅びる。

水とモンゴル

水を飲むとき海を思ったりしないです
わたしは台所に立って
汚れた青い換気扇を見上げているだけです

河口や入江　遠くの怒濤を
心にも背にも　感じたりしないです
海に似てるモンゴルの　草原の
その　ただ中のパオ
そこにも　テレビがある　と
思ったりしないです　人の体はほとんど
水で出来ていると思ったりしない
魂は水で出来ていると思ったりしないです

水を飲むとき
一刷毛のピアニシモのように
気管をやさしく羊が走っていく
そのとき癒された肉体が
ぶるっと　身震いするでしょう
でも水が喉を過ぎるとき
羊を追うモンゴルの男を思ったりしないです

水を飲むとき　あなただって
モンゴルの男を思ったりしないでしょう
喉の鳴る音が　こだまするからといって
羊皮の長いブーツをはいて　大股に
水辺の方へ　モンゴルの男は歩く　と
思ったりしないでしょう

歩け　歩け　水の光るところまで
水辺の枯れ草原に風が吹くと
草は低く低くなびいていく　まるで羊が
寝ているようです

枯れ草が風に逆らって　ざわめき立つ
そのざわめく移動する青の俊敏な
柔らかな跳躍！　と　水が喉を過ぎるとき
思ったりしないでしょう

ただ透きとおるコップで
一杯の水を一心にごくごくと飲みます
あたりまえです

波立海岸――天山祭の帰るさに

＊

秋にはまたここへ来よう
海辺はほんとうの休日に入るから
波は波と
自由に遊んでいるだろう
彗星を見たゴリド人デルスウ・ウザーラがいったっけ

「あれはいつも空を行くだけ
人のじゃまはしない
光っているだけ」
予言はできない

＊

潮が引いて
浅瀬にしがみついたものが乾く

沖で海は風の日の草原のように
千の手を揉みしだいている
曇天
だからむしろ軽がると
私が岩山をのぼっていくと見えたのだ

行き止まりの岩の鼻
波は猛然と白い歯でかみついて
おどろくなかれ
足もとを力まかせにゆさぶる

待ってください
「海は母」でも
「海は揺り籠」でもないのね
と立ちすくんでいると
亡き太郎さんが笑いながら
渚から双眼鏡で見ている気配

——山本太郎（一九八八年没）

＊

廃屋となったレストハウスの
ベコベコの床を通りぬけ
片すみの蛇口で水をのんだ
そこからはるか
発電所が見え岩山が見え
波がくだけ
人間の休日が見える
ぬれた水着を肌に食い込ませた
休日は
秋の方へ歩いていくところ

＊

焼いたウニが出る
車に積み込んできた濁り酒「白夜」も
七月の波頭　波頭　波頭は
歯を剝きながら
ときおり押し黙る

海の沈黙の隙間に心に兆すもの
曇りぞらの光のように
どこにでもいるよと
心平さんが
明るい声でいうようである

——草野心平（一九八八年没）

＊天山祭はいってみれば草野心平祭です。

雨の日・ハガキ

あるときは雨がにじんで
「まもなく死ぬ」とたびたびハガキを頂いた
刃で腹を刺したつもりになって
そこへ介錯の刃が首にヒタリときたつもりに遊んで
「はんなり死ににいきまひょ」
というものの真実　老詩人は一向に死なない
——会田綱雄（一九九〇年没）

彼はオオカミ老人というべきか
いぬさふらんの種子を噛みながら
ニトロを飲みながら
あんなにも死と馴れあっていたが

「猫が取ったネズミをなぶるように
死をなぶってはいけませんよ」
今ごろは真面目なやさしい死神に
六道の辻でお説教されていることだろう

それにもめげず
こんどはいつ幽霊に生まれ代わるか
せっせとハガキを書いている
雨の日にはカタリと郵便受けがなる

還暦

いよいよ死ぬときがきた
トウモロコシの皮を剝きながら
少女の頃からの友だちがいう
庭に出てビールをね
男が右往左往してくれた時代を記念して
飲もうよ（今も彼女には男がいる）
胸をねじる悲哀だって
しだいに
黄金のおもみに変わる年代だという
それに死が間近なので

生まれる快楽もあるらしい
セキレイが巣を構えた泰山木のしたで
今年の雲をながめて
やがて死にゆくヒトの
ささやかな再生を記念しよう
ビールを飲んでから
庭の隅で落ち葉と紙屑を燃やした
冬中の薪を積みかえ
床をみがいた
今日の海のように単調に揺れかえして
これからも生きるつもりだ
花の種は土中ふかくしまって
遺したいものもなく

花の木

よく研ぎすましてみれば
乳色の大理石のように透けてきます
そうしたら
なかへ灯を入れて――とでも
いうように　天地が暮れてきて
小公園の数本の
白木蓮のこずえは花を灯してのこっている

ことしの生殖の　耳に聞こえないざわめき
水かさはひたひたと上がって
聞こえないと意識する　あなたの
高く立てた耳のちかくまで生温い
花の木のあいだを通るとき
――あの理不尽な
億万年の水にうくような気がする

小公園を通りぬけて街の雑踏へ
なだれる人たちも
透くように水に研がれて
宵闇がおりてくる広場へ出ていく
あなたは交差点で

ジーパンの億万年めの男に腕をとられて
もう　白木蓮に化けかけている

読書一番

「無花果の木のしたで平衡感覚を失なふ。」と安西冬衛は書いています。

落葉小高木の花のない木、
大きなぶかっこうなアダムの葉のかげで、
そっと赤い目を開いている、
そのしたを彼は植民地からの脱出を夢見て泳いでいったと思います。
あの砂っぽい荒々しい土地から逃れて、
抜き手を切ってどこへ泳いでいこうとしたのかは分かりません。
彼の行く先は回転木馬のある地点であったとしても、
そこはすでに幻想でしか測れないと思います。

こうも考えてもう一度仔細に詩集『軍艦茉莉』を探検していくと、
わたしはまちがって読んでいて、
Uというイメージを見逃していました。
そこには「無花果の木の下で、私は人生に、漠然Uという字に近い嫌悪をもちそめました。」と書いてあった。
Uはすべてを屈折させてしまう乳房と子宮の頭文字です。
それなら、なぜ無花果の木のしたなのかは容易に分かります。
ただ、詩人はもう泳がないと思います。
だってUですもの、
体をそんな形に曲げては泳げません。

無花果の木のしたでなければならないというのは、
たとえば「月魄の町で私は符を拾つた。」という気魄とは、
似ても似つかないものです。
冷たい皿のような菊とも似ていない。
たぶん無花果の木は彼の無意識の姉妹ではなかったかと思います。

厠の小さい窓のしたに植えられているか、
あるいは庭にあって、
彼をけっして見つめかえしたりはしない。
詩人の網膜の模様のひとつとなって、
　そよぐこともなく、死ぬこともなく……、

読書についてこんなことを話したいのではないのです。
嫌悪についてでもありません。
定点からのがれて突撃にうつる兵士のように、
ページのあいだをつき進んでゆく、
そして強固な砦に出遭ってまたもどる、
わたしのその行為をなんというのか、やはり読書？　か。
テーブルの紅茶もすっかり冷めてしまいました。
書きおえた人は虚空のなかへしまわれていて姿は見えない。
いつ帰るのか、
本のなかの土間に胸をはだけて寝ている従僕の王《ワン》なんか
　に聞いてみたい。
王よ、王よ……起きなさい。

シダの葉

革偏の文字を愛した隻脚の詩人安西冬衞が
大連の　崖の上の家で
「一肢を喪失して止み難い速力へのダッシュとなる」
と書き　崖を登るのに苦しんだころ
ふと「生まれ代るなら　シダの葉になる」
と洩らしたのだった。

大陸の黄砂もやんで
さしもの黄海も青さを踏みこたえているころ
これから持つシダの翼と爪
嘴と歯が萌え出るのを感じている詩人は
おれはなぜシダなんかに化けてしまうのか
予期しない現象に得意を感じながら
はやくも固く巻いた葉がなにげなく
なにげなく背から
差し出されているのを感じている

ああ　そんなことは起きない
そんなことは　もう起きない
かつて人々の上に起きたことは……

悩める五体もなく愛恋の頭脳もなく
濃い緑の神のようなものが輝いていたのは
遠いはるかな世紀の地球でのこと
シダの一枚の葉裏で胞子がしずかに動いている
「わたしは一枚で完璧な宇宙だ」
などと隻脚の詩人はいわなかったが……

わたぼしが蕨率ゐて立つところ　　　鳥子

＊シダ類は綿帽子をかぶって地上に出てくる。

避難行

どこからどこへの避難行だったのか
何から何への？　もう覚えていない　兄は細い腰に
まるで　徒刑地の看守のように　悲惨な鍵を
ジャラジャラと提げていた
　　　　海からの
濛気はいつかまた濃度を加えてきた　港の引込線から
二マイルも　前進しただろうか　灰色の向こうから
紅房子《レッドハウス》飯店が現れるはず……私たち兄弟は
ぐんぐんと服を脱ぎながら
　　　　船着場の群衆のなかへ
泥濘と雨のなかへ突き進んでいく　空腹の肋骨
韮葫《にんにく》性の匂いが川のように流れて
腹ペコだよ！　はだかの私が叫んでいる
はだかの兄は濛気の鍵穴をまさぐっている
　　　　一つは家の鍵
これは胡弓の鍵　一つは女用自転車の鍵　一つは
書庫の鍵　これは恋人の手紙がしまってある引き出しの
兄さん　火打石は捨てるべきだ　永遠だなんて！
と私が叫んでいる　どこから
　　　　どこへの避難行だったのか

何から何への？　兄はピンで止められた蝶のように
動かず　骨張った羽は凍結しはじめていた
幼いころ　風邪薬に凍った蝶の粉を服用
したことがある　それは兄の未来の
　　　　　　　　　　　　羽だったのか

飛び去る兄の幻だったのか
私はデザートの洋梨《ラ・フランス》を夢見ていた
気温は徐々に冬へと下がっていく
あの濛気のなかで私たちは澄みわたる

＊安西冬衞の詩のフレーズがかなり混ぜてある。
＊十歳のときの私の避難行がべつな情況で記念された。

太湖の兄

そのとりわけお菓子のようなフリルを
わたしはどこで見たのだったか
霧のなかに巨大な湖があるという

小雨のように霧は降っている
湖のまわりの白木蓮の微かなフリル
そのとりわけお菓子のようなフリルに沿って
わたしに雫がふりそそぐ
湖の遊覧船は大きな蝶の展いた羽のよう
水面すれすれに甲板がある
蝶の羽の上から水にのめるようにして
中国の男がタバコを吸っていた
光の浪費を思わせる明るさ
霧はうずくまる
ふいに目のまえを漁船がかすめ過ぎていく
小さな男の子が舳先でカニの脚を食べていた
芽ぐんだ柳の緑がときたま空に浮かびあがり
わたしの蝶が羽撃いたことがわかる
兄には春を善きものとする時間がなかった
そのことを思いださせてしまう膨大な模糊
この茫漠とした見えない水の下から
たしかにビニールの男靴の片方が浮いてくる
発泡スチロールの弁当箱

飴の包み紙　菜っぱのクズ
岸に霞む桃の樹に深く隠れている花芽
そのとりわけお菓子のようなフリルの中の
どの辺りに生まれない兄はひそんでいるのか
その名を呼べば霧が晴れるかもしれない
でも　その名をわたしは思い出せるだろうか

冬衞グラフィティ

普蘭店《プーランテン》という駅で

急行列車から猫が（むささびのように）
とび下りたというのです
やわらかな白い毛にはさわってみなかった
すばやく網膜に擦過傷をのこして
猫が消えた
連京線のその駅の名は普蘭店
ラムにふやけた菓子のような
発音の魅力だけで営業している空っぽの火車站《ホウチャザン》
けっして ダイヤグラムに縛られたりはしない
だからむろん言葉で縛るのです
王《ワン》や李《リ》や陳《チェン》という名の駅員たちはおりません
構内はしんとして　ときたま
隻脚の人が歩きまわる杖の音が
ラ　カン　ラ　カン　と
反響するのみです
下車したあなたは
きっと鞭打たれるでしょう

運命

月はぼろぼろとビスケットのように欠けていた
彼女は月の破滅を待っていたのだ
闇夜の隊商が曠野を陸続とゆくとき
彼女の棺もまた連れ去られるはず

かつて住んだ家のバルコンに
月の欠けらは堆積していった（小山のように）
曠野には萱草が吹き寄せていた
彼女の歯は月のようにぼろぼろと欠け
相変わらず彼女は待っている
まもなく百歳になろうとするあかつき

北京

「海は静かな屋根」というヴァレリィの詩句があなたの
ノートに書きとめられた
海から遠い首府の奥深い邸宅に住み　屋根と屋根とのあ
いだの不思議な暗さを通りながら「屋根は静かな海」と
あなたは比喩した
青い瓦の重なりの上に飾られた
キリン　人面獣　目の飛び出たサソリの類の魔除け
羽根を切られた画眉鳥を入れた竹の籠　風鐸　灰色の高
い塀
静かな午後の藍色の日陰
首府改造が静かな海を薙ぎ倒した　屋根の上の海の幸も
秋になって閑静なその街区へ行ってみるともうベンツ代
理店ビルが建っている
若い店長のお抱え運転手が道端でゆうゆうと葱を食って
いる

博物館

時間の匂いがする静かな室内
展翅されたムラサキアゲハの記憶の中の
鬱蒼とした森林を誰かが歩いていく

週末——Cへ

車が高速道路に駈けあがると
ゆっくりと雨がきた

これから行く街の涼しい蛇口が開かれたのだ
あなたは魚の背に乗って待っているだろう

魯迅《ルーシュン》の故郷

＊

桃売りの老婆の長い三つ編みのお下げが跳ねている
朝がた　もう舟に乗って商売に来た彼女は
桃の籠を天秤でになって
運河のふちを風のように走り歩く

――ここは深々とした水郷地帯

日除帽の私たちは
桃売りの声が耳に届かないふり
「きれいな娘さんたちよ！　桃を買うべし！」
と叫んでいるが聞こえないふり

――彼女が桃を売りつくすまで
――彼女の声が枯れはてるまで

この居酒屋の長椅子の上では
唄のような「きれいな娘」たちが老酒をなめている

＊

土中に酒のかめは眠り
水びたしの中庭の床几にすわっている男が
注文を受けたまわる

厠のにおいに似た皿とピーナッツ
臭豆腐《チョウドウフ》　炒花生《チャオホワション》と叫べば
一瓶の血色の地酒がやってきた

酒に一生を盗まれるとルーシュンはいったが
その悲しみには私の酔いも包まれている
時間が退屈にぐしゃりと崩折れているような
しぼんでゆく白い芙蓉の花の意味が

まだ暮れかねる薄闇の底へ底もなく見えなくなり
やがて——運河のうえを静かな
薄い一輪の月となって上ってくる
ああ　あれか——

魯迅《ルーシュン》の思い出

空におぼろ月、左岸にはそら豆畑、右岸は麦が少年の膝の丈に伸びて、川風に蛇のようになびいている。川底の水草も清らかな香り。


少年ルーシュンは百姓の子らと苫舟に乗って、もうろうとした月光に混じりながら、村芝居を見にゆくところ。

恋のように血がさわぐ。体温が上がっている。

景色はどんどん船尾に遠ざかるが、少年にはまだまだ船脚はのろい。

彼方に漁火が見えればあわれ胸はとどろく。


松林を過ぎて仄明るい入江へと入っていく。

舟から見上げる川べりの空地には、月夜にぼんやりとにじみながら、宙空の思いがけない高さに舞台が浮かび上がっている。


あれは、いつか絵で見た仙境か。

そこから嫋々と暗い川面に胡弓の音いろが這い寄ってくる。

「この次もお前の女を奪《と》ってやろうぞ、覚えてやがれ……」

紅い衣装の色悪は、白髭に柱に縛り上げられて鞭打たれながら、悔しまぎれの下品な台詞を透きとおる声で歌い、その旋律には泣き声や悲鳴が絡みついている。

ルーシュンはここのところが好きだ。

何ともいえず好き。

好きだ。背筋がつめたくなり、千年もずっと死んだまま、ここに住んでいたのではないかと疑うほどだ。

帰りは苫舟の上で盗んだそら豆を茹でて食べた。豆はやわらかく、余韻はやわらかく、月はかくれて、暗い水面はみだらな匂い。


上海の隠れ家にひそむ晩年のルーシュンには、今は少しも生き返りらしいところがない。寂しい生き返り。もう死んだのではなかったかと自分でも思うほどだ。ときたま陰気なイロニーの炎が聞き覚えのある一つの音いろにつれられて、茫然と無垢な虚空にただようとき、嫋々とたなびくものが痩せた手を差しのべる。

「またお前の女を奪ってやろうぞ、覚えてやがれ……」

仙境の高みで、とつぜんに、死んだふりの少年に出会っている。はるかに冷たい胸にさわる。さわられる。お互いに氷のようだ。

水郷——十九行の詩を求められて

葦の葉を舟が擦り切っていく音がする
わたしはどこへ行こうというのだろう
——ここが十九行ときめられた詩の入口
わたしの髪の毛は水にひたされている気配だ
よどんだ水の匂いが立っている
（どこか奥深い場所で……）
馬の蹄があらあらしく葦原を倒していく
一斉にたなびいているのは甲冑の武者たち
（どこが戦場か……？）
雄叫びし　魂切るもの　いななくもの
そこへ埋もれていく者たち
赤い箙《えびら》が宙に浮き
しばらく葦の折れる音が続いて
やがて血が消え
音が消えた
水底を覗くと
しずかに一輪の紅い蓮が浮いてくるところ
舟べりから手を伸ばして
わが知らぬ想い出を折りとった

杏の肉

＊ゴシック体は主調音を表している。

わたしたちは**砂糖漬の杏を静かに食べた**。

二人はほんとうに種子を抜いた甘いすこし乾してある杏を食べていたからね、このことばを使いたかった。アルミの皿にいれて。

砂糖漬の乾し杏。これは遊覧船の一等に乗ると熱いお茶と一緒にボーイがはこんでくるもの。

風に吹かれながら、なにかを逍遥しながら、**砂糖漬の乾し杏を食べる**。

その甘い酸い、そのやわらかい芳香の立つ果肉は、人の唇を噛むのに似ているから、唇の音もさせずに、とつい形容したくなる。

すると、**わたしたちは**ひそかに唇を噛みあっているのかもしれない。

デッキの椅子に坐っているわたしたちに吹きつけてくるのは、あいにくと一面の霧、水面の温度と外気の関係で霧は湖からいくらでも湧きでてくる。

なにも見えない。

なにも遊覧するものがない日。

しかし、煙のような霧のなかに未知の罪があればいいと、**わたしたちは砂糖漬の杏を静かに食べ**ながら思ったりはしない。

四方が見えないからつい見つめたものが恋だと思ったりはしないね。

話したいことには形がなく、未来の夢の思い出のようにまだ現われない。

あるいは過ぎた夢のように消えている。

ことばもなく無言でいると唇は甘い杏に似てくるけれど、そのせいかわたしたちは罠に嵌まってくたびれたリスのようにも見える。

砂糖漬の杏は現われた夢のようだ。これは霧の日の遊覧船がたずさえてきたことば。世界が**砂糖漬の杏**になったといってもいいけれど、ここではわたしたちの乗っている船に限定しておこう。

砂糖漬の杏を静かに食べていると、わたしたちは揺れる船と一緒にそのことばを唱和しているような気もちになる、絶望的な**砂糖漬の杏**の気もちにね。
天と地は深々と交わっている。
これは煙霧がたずさえてきたことば。あるいは蘇東坡か
も。
どこかに人の祖先の裂帛の快楽が架かっていて、その記
憶が甘い果肉のなかに生きてくるとしても、わたしたち
にはまったく、それは**砂糖漬の杏**であるしかないことだ。
わたしたちは砂糖漬の杏を静かに食べた。
船は霧を突破して終点へ近づいていく。
わたしたちは何もしゃべらなかった。
ほんとに**砂糖漬の杏を食べ**るほかは唇をうごかさなかっ
た。

秋の蟹のスコア　　＊上、下段は各々一つのパートでもある。

きつく葦の茎でしばられたままの
　　　　それは　薄氷の恋のようで
長江でとれた九月の蟹が

　　　　　口に出せないわたしたちの言葉だった
お目見えにきた　　　　早い秋は
裂けた葦の葉がさけぶように
　　　　すばやく万象にからみついて
赤みのある草いろの甲羅に
　　　深い江の得体のしれない情熱や藻が
まつわりついて　　うごきあえいでいる
持ちあげれば重い　体は　　よろっているが軟らかな
つめたい　ぎざぎざの　奇怪な　その
　　　　　　川蟹のなぞめいた
口もとはまだ泡を吹いている　　泡の　万華鏡
(濁った鋼鉄いろの
　　　午後の水に幾層も刻まれたホテルの
長江をながれる　　影は岸につながれて
――ヘビ　カラス　イヌ　ヒトなどの
　　　息絶えやがて漂いはじめた
死骸で連綿と　　果てることなく東へゆく流れに
身をやしなってきた蟹のあらわな時空を

　　　　　　　　　　　　きらり反射する
これから）
　　窓のステンドグラスは水の圧勢に砕けそうだ
わたしたちは大きな夏の蓮の葉に　　長江の化身を
包み（幻の期待を）　　渾身　演じている蟹を
竹の皮を敷いた　　　腰の高い城に封じこめて
せいろで蒸し上げてもらう
　　　　　物語の塔の　ひとつを倒すように

わたしたちは熱い葉っぱを
　　濡れた頁をくるように　包んだ熱い蓮の葉を
湯気のなかでひらいて　　読みふけっていくだろう
九月の蟹の美味を食べる
　　　それは　わたしたちのラヴストーリーで
口にはこんでいるのは消える泡ではなく
　　　　　　あなたの蓮のうつり香で
白い水仙王で……百代の死肉　　恐ろしい未来の前の
（蒸された蟹の表情が　　　　　　今日の
苦しみに　　　　　　　　　　　かがやく秋に
似ている　などといえば）　象牙の箸の　ふれあう音も
それは日々すべての　雪　　ことごとく無言の歌
すべての　山水

（『烏有の人』一九九八年思潮社刊）

詩集〈モノクロ・クロノス〉全篇

Ⅰ

水音の変奏

輝くひかがみを持つ男があなたの骨の下にもぐり込み
　きみの体には大きな瀧があるねといいざま
　そこからあなたの水杉の樹にのぼっていく気配
　くすぐったくて身をよじる

かれは樹の上から瀧に飛び込むのだという
　その躍動は闇のなか
　ただ水音が米嚙みに痛いほどひびいてくる

男は瀧壺のなかを抜き手をきって泳ぎまわる
　浮かんでは沈む
　宇宙を背にのせた亀を追っている

　しばらくして　どの一滴の水が
　最初の暗黒の一滴だったろうかと聞いた

輝くひかがみを持つ男の馬の匂いがしきりにしている
　水に近づく馬　舌ですくう水　水草のしたの渦巻き
　あなたの脇のしたに亀の這う気配がしている
　肋骨がきしむ

チベットでは水音は遠い岩山のむこうにしか聞こえない
　だから岩山に耳をつけて水に会うのだ
　つめたい耳朶が腹に押しつけられている
　男はかつて聞いたこともない音に出会うだろう

かれはあなたの水の岸で刀を研ぎだしている
　遠い内陸でも川が生まれようとしているらしく
　さわさわと大地をつたわってくる音がある

かれは震源地はほかの土地かとあなたに聞いた
　あなたは答えられない　世界中が震源だ

輝くひかがみを持つ男が濡れそぼって
　あなたの井戸から上がってくる
　高い声で大鷲の歌をうたいながら
きみの体の中でとても気持ちのいいのは渓流の下
　鮭が産卵しているきゃしゃな骨だね　という
　そこには北から南から引き寄せられて
　泳いでいるものがいる

あなたは薄暗い部屋で
　そんなことはどうでもいいと思いながら
　井戸の滑車がピアノの鍵盤の上をころがる音をきい
　ている

男は永遠の亀に追いつけないだろうかとあなたに聞いた
　あなたはもう眠ってしまった
　　簡単にはめざめない

音楽を論じて

この老人のたたずまいをなんとか文字で現そうと思っても、それは彼が演奏する二胡の音色をとらえようとするようにあてどもない。かれは盲目だった。かれの魂は見えない肉体をはなれて方々を歩き、多くのものを見るだろう。楽器を弾くとき肉体意識はほとんどないがしろにされるが、しかしかえって官能に満ちてくるだろう。

みずうみは羽を開いた胡蝶のかたち。そのちょうど触覚のところの公園の施設の小さなあずまや、屋根がおおげさに反りかえったある種の似せものめいた観光意図が、しつらえの竹の椅子やテーブルにおおい被さっている。これも似せものの唐代ふうな烏帽子を頭にのせた老人は三人の楽師を従えてそこで音楽をひびかせる。……双恨声、三五七、春江花月夜といった節目。

みずうみは風邪を引いている女のように喘いで横たわる。わたしもまたあずまやの麓の草むらに人になれすぎた猫のようにして、二胡の音色に撫でられ目を閉じている。柔らかいあの音色を連続して、まるでどうでもいいように曇り空に流してやると、ふかぶかと正体のないところへ沈んでゆくのだった。

楽師の入魂の正体はいうにいえない。かれにも不分明であるだろう。「官能が彩られゆくくれなゐに」という一詞、わたしはその前後を思い出そうとしている。みずうみは遠くかすみ、蟹は黄酒のなかでうめき、菜の花はいちめんにひどい匂いを放っていた。村のおばあさんたちは寺参りに出かけようと、縦横の運河で船に安く乗る算段。

魂はそのあたりまで出かけていったが、じつはそんなことはどうでもよい。盲目の老人の弾く二胡のアレグロ、トレモロ、かれは目が明いていたころの月光を思い出して心筋がすり切れるほど弾きこんでゆく。月は晄晄として、月を映した二つの泉は明るさに泣く。トレモロ……トレモロ……。あの老人の薄い髭に腹を撫でられる。

序曲のかなしみがながながと旋回してゆくと、ヒトはかなしみがなければ生きてゆけないのだよ、遠くみずうみから来た亡き兄が皮肉にわたしに囁いた。

一曲おわってつぎに若い楽師が琵琶を弾きはじめた。それも魂が抜け出た胸をかきむしるのに似ている。長い袖をたくしあげて長い指で空無をかきむしれば、ない胸から血がにじんでくるだろう。音色はむしろほがらかに宙にとんで、ひろい鈍色のみずうみの向こうへ消えてゆく。

いや音は見えないのだから、こういっては正確さを欠くだろう。弾かれて虚空に拡散して空無になるというほうが正しいだろう。それは人の生まれる前によく似ているよ、とだれかがいった。いやそれもやはりわたしの兄の声。

あの兄の無き過去は琵琶を弾く若ものだったかもしれない、二胡を弾く盲目の老人だったかもしれない、シンバルを打ち鳴らす女形のようなあの男だったかもしれない。

空に散った音色は花嫁をむかえるパレードの音楽であっ

たかもしれない。きらびやかな衣装の老若男女がまちを練り歩き、シンバルの打撃音にのって金の蛇が狂い舞ったかもしれない。けれどもすべて空無。

音の行方をたずねれば当たり前のことで、わたしがあるとき永遠に猫のように寝そべっているのとおなじだ。瞬間は官能に彩られる、ヒトは虚空に散るかなしみによろこんで涙を流す。兄の声が二胡の弦にそって宙に散らばる。胡蝶のかたちのみずうみが水をくねらす。

あずまやから盲目の老人の手をひいて楽師たちの姿が消えると、しずかな雨が降り出していた。湖畔の柳も木蓮も熱をさます雨の音をぶつぶつと呟いていた。わたしは麦藁帽子をかぶって兄と二人ホテルへかえった。失われた未来と過去について一晩じゅう語りあうのが楽しみだ。

落魄

1　桃太郎

あの桃太郎は
何だったのですか？
といっている人がいて
はじめて
小さなガラス瓶の中のタネ
小さな淫靡な形の割れものが
魂ではないかと臆測した

ないものをある　あるかもしれない
臆測――この謙虚で小心な言葉は
人の世に
居すわっていていいのだった
外は夕立と思いこんで
長閑《のどか》にして

たとえ屋根の上の慌ただしいもの音が
雨のせいでなくても
屋根の音を確かめに外へ出なくてもいい
雨でも桃太郎でもないからねっ
と瓶を割って怒鳴ったりしないでいいのだ

あなたはわたしの魂に触り
そして食べてしまった
だから形もなく
と思っていいのだ

2 落魄

「那――」
　　「那――」
　　　「那――」
「那――」ゆるやかな服の上から
きみの肢体はみえないがそのうえ
靄につつまれている

演奏の終った指をわたしの肩に食い込ませている
その指先の力がわたしの落下を防いでいるらしい
死神の身体は
なんとしなやかで強いのだろう

それは白い絹を着たわかい男
きみは琵琶山に住む名人の師匠そっくり
古曲の冒頭から
さわりの部分までたっぷりと……
終曲の前にはもういちど
「那」という音を長くのばして
循環させる　循環する
「那――」
　　「那――」
　　　「那――」
すると火種のもえ上がるのが見え
「那――」と声をだすと
それが魂であるかのような色合いに染まる

わたしも「那――」と声を合わせた
　「那――」
　　「那――」
　「那――」と歌いながら
きみの琵琶の音の流れる四阿《あずまや》からくだって
池のある古い庭院をめぐり歩いた
苔むした石碑にさわって
溶けた石の文字の
「那――」という錆びた声に耳をあてた
死の秘密を囁かれたような気もするが
たちまち宙へ散りぢりになった

油菜の花の黄色がいちめんの地上
柳条と廃れた水路のあいだを
ふたりで木質の脚が漕ぐ輪タクに揺られていく
　「那――」
　　「那――」
　「那――」
きみに肉体がなければ魂は落ちないだろう
死は金属のない鈴蘭のもろさだろう

今日　わたしは手管もなしに死の白い絹にさわった
虹のように円く架かる橋の上で
琵琶山へ消えてゆくきみに
「那――」
　「那――」と歌ってやる……
流水をほめて「那――」
晴朗な「那――」と歌えるといいけれど……

3　秋の水位

朝　起きぬけに
ラクハクという声を聞いた
落魄？　おお　落魄か

死者たちはみな若く　まだ若く
――若くなければ死者ではないよと思う
秋がそこまで　ほら

窓べの大きな桜の一葉が紅くなりかかる
暗い？　葉がくれの暗い夏がおわる
書斎の窓の暗さという意味での

暗がりで
あなたはどこかに
慰めがあると思い続けてきたらしいが

桜の葉が落ちてしまえば明るい
というくらいの
しっぽのような悲しみだろう

汗疹《あせも》のようないら立ちだろう
秋が来れば化粧のノリもよくなる
というくらいの按摩だろう

落魄？　をかんじるときには
まだ若い死者たちを揺り起こし

むりやり揺り起こし

彼らの口惜しさを口に含み　くいしばり
水位が高まってこぼれるまで
ベッドで目を見はっていたりする

あなたのその卑しい癖は死ぬまでなおらない
死者の心臓を取り戻そうとするのは恥ずべきことだ
ああ　死ぬ者をして死なしめよ

一葉落ちて天下の秋を知る
のではなく
まだまだ晩夏の繁りの暗がりで

しかし落魄をゆめみて
落ち行く先もない落武者の光を
秋がそこまで　ほら　といってみるのだ

朝の胡笳

昨夜はベッドに入ると
たちまち
――八〇〇年を辷《すべ》っていったようだ
目まいの果ての暗闇に甲冑が一個光っていた
砂礫の多い丘の上の床几に
水のように溜っていた詞のことば
「雪暁清笳乱起、
　夢遊処、不知何地、」
どことも知れない平原を甲騎兵が音もなく進んでいく
この奔流の兵群が詩人陸游の夢であることは分かってい
た

鳴りわたる胡笳は敵軍のものか
その音色をわたしも夢にとどろかせた
不安の山河
雪と死
月

そこでは　わたしは美髭の武者ではなく
敵の首を捧げ持つ侍者でもなく
詞がふたたび動悸を打つ
――その動悸だったかもしれない

目覚めようとして目覚められない暁の
蘇りのすこしまえに
野太い声がいった
自分の感情を知ることが肝要だ
思想ではなく感情だよ
人を殺したいのか
歌をうたいたいのか
ぬすみたいのか　こわしたいのか……

朝のテーブルの上で
昨夜のたわけた夢を書きとめている
青い甲冑の内側に声はぐるぐると巡っていたが
ついに詩人の顔は見なかった

弾琴

秋冷の北京に会いにくる観光客は少なくない。空あくまで青く澄み黄ルリの瓦がかがやき、朱色の故宮はいろを沈ませる。

しかしこの秋は道路工事の喧騒と塵埃が大通りからこちらへ、百年を眠っている胡同のおくに侵入してくる。ここはかつて後宮に仕えた去勢した大官の家、ホテル四合院と生業をかえた。その中庭にもコールタールの臭いは立ち込める。大門の両脇の獅子たち、そりかえった屋根、中庭につるした提灯にも霾《ばい》がふっている。立ちこめる巨大な霾に阻まれて、居場所を失った秋の女神がしようことなく石の椅子の上でスカートをめくって、爪を切っている。中庭を横切る老雑役夫が「女の爪はそんなに短く切らないものさ」と好色な目付きをして白い足を覗いた。

モップとバケツ、庭の隅の水たまりにもすでに黄色い砂塵はたまっている。

このあたり夢魔じみた朱色の鼓楼をかこんで、古い都の保護地区だとか。まるで文字で書いた古典楽譜のように、つきることない小路が入り組む。

ここは帽子町（帽児胡同）
右折すると小豆餡町（沙豆胡同）
そして警察町（兵馬司胡同）
　煙管横丁（煙管斜街）
ドラ太鼓町（鑼鼓巷）
左折して地租税金町（銭糧胡同）

迷子の秋の女神も思わず文字譜を奏でて、遠い帝王の時代の腐臭を身にまとうだろう。

大通りの起重機と数百の人夫、車の渋滞、そのにぶい地ひびきがときどき中庭の細い楡の木をめぐって消えて行く。

秋に呼ばれた琴の名手が広袖の白い上衣をひらひらさせて中庭をうろついている。琴をどこへ据えようか、大官は小便壺をかかえてどこへ隠れているのだろうか。あの死にたがっていた人は？

ああ　それが見える。この中庭には首を吊るほどの大きな樹はないのだから、だから口惜しがっているだろう。子善は呼ばれた、しばらく軽い足音がきこえていたが、やがて小さな咳払いのあとしんとした。

　楽想定まって弦がつよく弾かれたぞ！　聴きながら女神は小さな部屋で紅い布団にくるまって寝ている。名手子善の演奏は古曲「青蓮」のようであり消えそうで消えない旋律は「二泉映月」のようであり……。

「あなたはその音がどこへ向かって行くのか知る人でしょうか」

　午睡のわたしは秋の女神の夢に足を揺すられた。紅い布団にくるまっているが、わたしは女神ではない詩の書けない詩人で、囁かれたわけではないのに琴のことばを聴きたがる耳で、琴の音が暗い始原へ向かって行くのを血の欲望のように追いかける者である。

　だれがこの霾と地ひびきを放って秋空を追いはらったのか、琴の音は切れぎれに子善は百年前のかすかな声で囁いた。

「有るものはすべて破滅する。皇帝に仕える役職町のように破滅するのです。しかし音色は滅びない。なぜなら空無だから」ことばは切れぎれの音楽にまぎれて、詩は滅びない、なぜならすでに空無だから、とも聴こえた。

　まだ地ひびきの去らない夕方、訪ねてきた詩人子灯はいつものように痩せて小さく、烏のように黒いジャンパーを引っかけている。かれに会うと過ぎ去った幻かと思う。現《うつつ》かと手をとれば乾いてさらさらした掌にさわる。肩を寄せればうちつけてくる肩の感情がある。でも歩けば歩いただけ幻に近くなるような……かれが手品のように見せてくれた新しい詩「弾琴」の断片……

「かれらは互いに聞く者であった。耳を傾ける者であった。
ひとりはひとりの気に応えてまだ弾きだされない曲を聞いた。
ふたりの間には羽を打ちならして飛び立つ鳥のような
きらめく等距離のシンボルがあるのだろうか。

ふたりの間に置かれた琴は弾かなくとも弾かれている。」

「あなたはもしかして百年前の子善？」とわたしはいう。

「なぜです？　姿のないのが演奏者です」

「さっき中庭でたしかにかれは琴を弾いていた」

「それで　あなたは本当に聞く者でしたか？　ほんとうに」

「そのとき、わたしは音の行方を知る人だった」

少しむっとして答えると琴の音色への欲望に戸惑うほどだ。

「子善をどこへかくしたの？」

子灯は答えず将棋の駒を並べながらいった。

「いつか遊覧船の上で古い曲をあなたと聞いたでしょう？　濁った大河の上で　増幅したマイクで。あれはひどい音だったけど、あなたはあの抑揚を幻の形だといった」

「そう、あれは音楽に呼び出された時間だった」

「その幻が奏者の形でしょう？　ほら濁水の上で聞いた音楽が空無で鳴りだそうとしている……」


わたしたちが対局している将棋盤の上に砂がふる。子灯のことばにも肩にも砂がふる。ホテル四合院の中庭をへだてた回廊に奏者子善が入ってきた。砂まみれの石卓にそっと琴を置く気配がする。それから広い袖をまくっているようす。白く大きな美しい手が現れる。ああ、死神のようにつややかだ。

わたしたちは耳を澄ませている。

「思い出がなければ幻想もないでしょう」

わたしはほとんど涙ぐんでいった。

「幻想は現実です。ほら」と子灯がゆび差した。

提灯に明りが入った。またしても地ひびきに眠れない首都改造の夜がきた。

——一九九八年秋北京にて

干海老と冬瓜

ある時期の中国の街では
灰色の冬瓜（ドングォア）をリヤカーにのせて

引いていく女の透きとおる売り声が聞こえる
ドングォア　イーペルシィークヮイ！
冬瓜　一切れ十円と叫んでいる

あなたの独りが　どこの角を曲がっても
遠く近く売り声が届いてくるだろう
羊水のなかで母の声を聞くように
あなたはその声の見えない渦を
（うつばりをはずして）
閉じた眼のなかに溜めておくだろう

やがては干海老の味がしみこんだ透明な煮物になる
大きな冬瓜が街ぢゅうに波打っていたと思い
あなたは宿の魔法瓶の湯を一杯のんでから
コートを脱いでハンガーに丁寧にかけた
大きなよろこばしい息を吐いて
手紙を書きはじめた

月の桂はどこからきたか

なんといったらいいのかこれは不格好な白い長い波うつ龍である。その龍が山頂にある伽藍まで波うちながらのぼって行く。山をのぼって行くわたしは、その龍の陰茎に似たかたちが好きだ。模した人の漆喰のコテを持つ手の一心な形も好いている。

長い塀には龍のうろこの形抜きをした小さな黒い瓦をのせてある。苛酷な皇帝の異質な性癖をあらわそうとして、その人はよく仕えた。せまい石段をのぼって行くと、ところどころで小さな亭に行きあうが、どれも渦巻いたうろこが五、六層重なりあった石の塀にかこまれている。その人の手がここにもまたある。

亭の屋根はおそろしく反りかえって、その先端は鳥のようでもあり、亀のようでもある異獣に飾られている。魔除けの形象を何がなんでもびっしり呼びこむのだというその意志をわたしは好いている。

伽藍には朱く塗った柱と欄干がぐねぐねと巡っている。山の土で汚れた回廊を行くと、エンジ色の木綿の法衣のひどく年老いてナマズのような細い髭をたらした僧が一人、前世からそこにいたかのようにひっそりと腰かけている。瞑想をしているのではなく呆然と曇り空をながめている。

「おたずねしますが、この寺院はだれが造ったものでしょうか」老僧はしばらく黙っていたが、「この山に月から持ってきた柱を植えた高僧が開祖だ」のろのろと濁った声で答えた。

それはわたしが期待していた苛酷な皇帝の名でも、コテ持つ人を明かす回答でもなかった。「どうやって月へ行ったのでしょうか」仕方なく聞いた。「月は夜中に下りてきたものじゃよ、この庭に」「いまも下りてきますか」「いや、今はだめだ。電気が空を占領している」

僧は曇り空を指さした。彼はさっきから空を縦横に走る電気エネルギーをながめていたのだ。

月から持ち出した一本の柱は、今はふえて全山にある。まだ芽を吹かない裸木の力があなたを宙に浮かせるのだ。わたしは老僧に布施をして三拝した。明るさも暗さも消えて時間が止まった。ぼんやりと月がのぼっており、そこから柱の枝をかざした僧があらわれたが、月も人もすぐに泡雪が溶けるように消えてしまって何もない、何もないところにわたしは坐っている。わたしはじつはそこにいない。いたるところに広がり透明になっていくようだ。それは寒くも暑くもなく……しかし、この境地をいいあらわせる形容詞はないのだった。月に触ることができたというしかない。

あの稚拙な傲慢さをもつ皇帝の「満足」への関心も消えうせた。わたしは合掌して老僧に礼をしたがふかく満たされている。その「気」は広やかでどこまでも境界がないけれど、愛ではなく殺気にも変わるものだ。

わたしは回廊を渡り、雨のふりだしそうな寒ざむとした庭をまわって長い石段へでた。下りきって山門から寺を見あげると、龍の塀は灰色の雨雲にさからい、山肌に爪を立て寺院を呑みこみ、もっと上へ昇ろうとしている。わたしは陰茎から吐き出された一滴の精液の化身。

下の広場ではボロを着た女乞食たちがたむろして、わたしを見るとあつまってきた。大きな口をあけてお参りの功徳に銭をよこせとわめきたてる。わたしは悪でも善でもない、明でも暗でもない……もしかすると殺気かもしれないと思う。それは女乞食たちが恐れて道をあけたから。死に近い人にこの「気」を持って帰りたい一心で、「気」を納めているわたしは刃にも見えるのだろう。

北京の朝のお粥

天使の背のやわらかい羽毛
おぼろな記憶をたずねるような
その熱い食べものはなに？

たちのぼる湯気のなかから杓子を持った少女がさけぶ
要吃什麼《ヤオチーシェンマ》（注文はなんですか）

千里遥かな港　白銀
発光している夏の湖の水面
朝のあの熱い一杯の食べもの
少女たちは笑う
為什麼不会説《ウェイシェンマプホイショウ》　就是粥《ジュウシジョウ》！（どうしていえないの　これ
　はお粥よ）

夏休みの北京の朝の秩序は混乱する
わたしが上手に発音できないその食べもの

むし暑い午後の雨　花園の泰山木
祖母という名詞のような

ゴビの蜃気楼

南の大江からはるかにゴビへきてみれば、
やはり土用波がさけんでいた。
砂の神が吹き下ろしてくる青い空、
吠えている柴犬。
わたしたちが乗ってきた急行列車さえも砂上にあらわれる。
——それはどこへ旅するのだろう。

昨夜、列車でわたしたちは手をつなぎ
指輪をカチカチならして眠り、
一晩じゅう夢も見なかった。
なぜならわたしたちも
霧にまじる雨のようにあらわれたばかりだから。
やっと見えているその心なのだから。

月が明るく、
砂漠と天がひと色につらなり、
風もない夜にラクダに乗ってミンシャ山へのぼる。
ずるずると砂を滑り落ちながら、
砂を鳴らしながらのぼる。
頂きから見わたすと、
大蛤の類が砂漠のあちこちに斗《ます》のような口をあけ、
煙を吐き出している。

砂を濁さないように、あなたがた新婚の夫婦は……。
とウイグルの案内人はいう。
それはどういう意味だろう。
わたしたちは女同士なのに、それに廃墟、
それに光線、それに胡弓なのに、わたしたちは
ラクダが異様に恋しいときはたぶんヒトに成っている龍なのだ。

毛におおわれた温かい背に
またがって
山を下っていけば、わたしたちは
ゴビの大海に孤島のようにぽっかりと浮かびあがる。

やがて溺れるのは分かっているけれど、
砂礫に深々ととぐろを巻く。

アラタウ

すでに毛深いものは乾いて眠る　と詩人犬塚堯はうたっ
た
この詩句は予言的である
毛深いものは追憶者そして予言者であるだろう
いま　わたしの追憶の詩句は岩盤のうえで芳香を放ち
日はアラタウに深く沈もうとして……
(風力発電の風車の林をすぎて
はるか遠く
岩盤のうえを走る列車がみえた)
日はアラタウに深く沈んだから二十一日の洪水が続いた
と
古い地誌はしるしていたがどういう意味だろう

乾燥地帯は果てしもなく　水を失くして
ここまでくれば雨の記憶は
転がる花崗岩　閃緑岩　飛白石　麻岩　砂岩のあいだを
とびはね苦しむしかない
(洞窟のミイラたちは
数千年の琥珀色に乾ききって　その
体を砕いて首飾りにする商人もいる)
ここに十七の伽藍が湖中に没し笛の音が消えた　と
やはり　あの古い地誌はしるしていた
その湖の廃墟では
わたしのスニーカーがとびはねる斑岩もなく花崗岩もな
く
恐ろしい砂の堆積――
ここまでくれば
何があり　何があったかは
いずれ毛深い猿が岩の割れめから生まれ出て
説き明かしてくれるのである
(アラタウにすでに日は沈み

わたしの足指は洪水を待っている）

II

四頭の河馬が

1

瞬間はクジャクのようだったから口を衝いて「クジャクのように」という言葉がこぼれたが、その目くらましに呆然とする。赤紫の花をひろげたジャカランダの大きな木の下に男はいたのだ。黒い肌にカフタンの白、目のくぼみから鼻へ汗が流れ落ちている。後ろ手にしばられている。この全体がわたしの眼にはクジャクだった。羽根をひろげていた。不運も苦痛も光にかがやき、悠揚として、オレンジ、充血した眼、マリ航空、そのはてに出会うクジャク。小銭を盗んだのだと、わたしと同じテーブルでカレーを食べている警官が説明した。どうです、わたしの手柄は。わが国の旅行者は安全ですよ。

……そのとき、わたしは蠅の群れを引き連れた汚い漂流者だった。海から風が吹いていた。まだない音楽の記憶……のように。わたしのタンザニアの旅はそんなふうで南東の風に強く吹かれていた。ンジュンジュの樹の枝を風がちからいっぱいゆすっている。ゆすると大地も揺らぎだす。

……そのとき、わたしは蠅の群れを引き連れた汚い漂流者だった。旅行家モームが西洋を枝のように折りくべて、アフリカの記憶を燃え上がらせていた。
「その夜盗難が発見された。親切そうな客室係と小屋の外の住民たちは、お互いに連携しているらしい。」

……そのとき、わたしは蠅の群れを引き連れた汚い漂流者だった。「ソマリ族の商人たちが貝殻で舗装された道に得意気に骨をならべていた。その骨は旅行者のものかも知れない。」ンジュンジュの樹の枝を風がちからいっぱいゆすっている。財布が発見されても五十の鞭打ち刑が男を待っている。

2

プロペラ機のエンジン音をきっかけに大地は哲学もなく浮遊して。浮遊するリズムは決してプロペラのものではなく風のものなのだ。草のない平原を影はなめるようにすべって、振動する空気、ナップザック、ガラス。パイロットが数えている札束も振動、機内に蠅はいないから……耳をつんざくエンジン音に走る感覚がじょじょに貯水され、粘つく蠅の脚に出会わないこと、漂流者の幸福、ささやかな……油臭い空気が首のあたりをいたわるが、地球は動悸しはじめている。

マラニヤ湖、水をかこむ森林、土の家、それらの凹凸、マサイ族、漂流者の記憶が動悸しはじめる。

3

ンゴロンゴロの大きなクレーターのなかではいくつもの龍巻が砂を巻きあげて走り回っていた。ほぅら、また手をひろげた子供のようにたちあがる。あの渦巻はわたしの視線が起こすのだろうか？

クレーターのなかの青い湖に四頭の河馬が背中を出してはまりこんでいた。もの憂く偉大である。その河馬の欠点はあえていえばピンク色のくちから泡を吹いていることだろうか。この愛らしさはわたしの記憶にないけれど、この愛らしさの音楽の記憶はある。何年かのちにわたしはまた青く染まった湖の四頭の河馬に出会うだろう。おなじ音楽に出会うだろう。

タンザニアで娘に会ったのも古い昔の回想のようだ。彼女は子供たちをつれて海浜へ来た。プールで水を怖がってしがみつく女の子を、わたしの名で呼んだ。鳥子　顔を水につけなさい、水につけなさい。怖くないのよ。浮き板につかまって足をバタバタさせるのよ。

記憶はまだない音楽を……つれてくるのだった。

わたしは金色のライオンがヌーの仔を襲った話を初めて会う孫たちにした。彼らの記憶の遺産にしようとして。

4

わたしの幼年期の顔をした女の子がさけぶ。アミラルじゃないアリムなの！

わたしのボーイフレンドはアリムなの！

紫色の手なんてみたことないわ、とわたしはいう。きっと甘いんでしょうね。まあね……いちめんに砂糖きびがしげっていた。どこにでも蟻食いの小山がありまた小山があり、むこうに荒れた丘があり、ここは茫漠としてまだ地図が作成されていないように見えた。わたしは気をとりなおして女の子を見た。


そうね、アミラルがきらいなのはなぜ？　きらいじゃないの、でもアリムがいいの。女の子の眼は涙でいっぱいになる。写真に感情が移ってぐちゃりと折り曲げられ、小さい笑顔のアリムは空色の帽子をかぶっている。アミラルはそのとなりに、女の子は黒い髪に空色のリボン、腹のあたりでVサインをだしている。そのアリムの黒い笑顔のまわりに女の子はゆびで円をえがく。この子よ、この子よ。と力強くいう。その力強さで女の子がわたしだということがわかった。かすかな自己嫌悪、でもアリムの眼の強さがいいとわたしも思う。

5

わたしは彼女たちに告げた。

あなたたちの先祖の一人が先週亡くなったのよ。


遠い昔のような気がする。

家族がアフリカにいて会ったのは……

女奴隷は首と両足に鎖をかけられ博物館の庭に並んでいた。

奴隷牢の窓の時間がクジャクのように澄んでいる。

やがてインド洋の潮騒のなかに、記憶の鈴生りの音が聞こえるだろう。

カラス瓜の音符――連詩集『からすうりの花』に

近所にカラス瓜の絡まる樹があるのに
どんな花が咲くのか気づかなかった
いま　カラス瓜の実は音符のように赤く照り
それは風に揺れて　ひじょうに
こわれた音楽を想像させる譜面である
あるときは紐に変形したり五線の外に垂れすぎたり

（あの詩集のおしゃべりは音符を拒んでいた）

刈りあげられた欅の失くなった枝々が
空で舟を漕いでいる
そのオールの軋みが聞こえる初冬の
藍青のひびわれに応えて
街道筋のザクロは
果実のなかへ秋の血を奪ってうたわせ
小さな椅子をこわして内側から外へ綻びこぼれ
敷石に赤くしたたっている

なんという不協和音の和音だろう

（あの詩集も三人の不協和音の和音）

まもなく
九十九羽の尾長の途方もない鳴き声が
虚空からななめに来るはず
そのころになれば
枯れたカラス瓜を見にくる人のために
武蔵野は幻の舟に客を乗せる
船着場はさがしてください

月は鏡

古い塩田がある土地の
バス停前のしだれ柳
捩子《ねじ》のような思い出
わたしの顔をした十三日の月が

うっとりと天蓋にもたれかかり
ゆうぐれの欝憤を微笑している景色を
いつか犯した罪のように見ている
捩子をしっかりしめておこう！
名前は水色にたおれている
古い塩田の読めない立札
濃い塩に映る月かげが千々に割れる
わたしは牙のような歯を見せて
月にむかって叱える
どちらが梨色の鏡であるのか？

古巣

新しい市道ができると
野のすみにひっそりと祭られていた神があらわになる
なにを守っていたのか
小さな赤い鳥居と灰色のセメントの狐

私たち家族は車を止めて
焼却炉の煙にコンコン咳き込みながら
古巣をながめている
正一位八幡稲荷　あれが我らの身分だった

周囲には里芋の巨大な葉が揺れているから
あの社は小高いところにあるのだろう
葉の群れに車体をこするようにして通過した
あそこへは　もう二度と帰れない

秋草のパラソル――茂子さんへ

おととい山で遭難したひとの
氷のような頬にてのひらをあてた
――氷山は生きている
つめたく
固く閉じた目蓋のしたに山の霧
そこにもうろうとガレ場があるらしい

たしかなのは幼女のあなたが
若い母に寄り添って笑っている写真
愛されて汚れた玩具《おもちゃ》の犬もいる
モノクロの遠い　近い　遠い　近い
——暗闇から
光をまとって現れたわれわれ

秋草模様の灰色のさびしさを大きくひろげて
火葬場への道を
パラソルのおくの深い闇へ歩いて行くような
束のまの光に目くらまされて
わたしも遭難している

鉄扉がレールの音をひびかせて
息を吐きだすと　火傷しそうに熱い
砕けたあなたが現れた
小学生を教えていた　か細い骨片よ
子供たちに抱きつかれると倒れそうよ
そういっていた
その白い脆いものは壺へ入れると
カラリと晴れた音を——

山は輝き　霧がかかり　今日もある

昆虫塔

わたしは若い友人へ手紙を書いていた
「あなたの恋の悲しみをわたしは貪って
唇を血に染めているのです
わたしの魂は
あなたの魂より血だらけのような」
花虻を食べるハナダカ蜂の幼虫のように
わたしの唇はほんとうは
蜜でいっぱいだったかも知れない
あまく香る悲しみはラヴではなくどこまでも

這っていく根毛の貪りだったかも知れない
若い友人は「血」という言葉を避けて
とても品よく書いてきた
「私の悲しみを悲しんでください
あなたの魂の一部分になれて
どんなに慰められることでしょうか」

でもそんな慎ましい一部分なんかでは
とても　決して　わたしの魂は揺すぶられない
すべてでなければ震撼しない
花虻の悲しい恋の蛋白質は
ハナダカ蜂の尻いっぱいに貯めこまれて

「わたしはあなたで　あなたはわたしではない
あなたの苦しい恋はわたしのもので
この沈む重みはあなたのもので
そしてわたしのもので……」
バベルの塔のようなこころが成虫になる日

したたる悲しみもしたたる蜜もいっしょに抱え
散乱する花虻の残骸のうえを飛び回る
ハナダカ蜂の成虫の羽の唸り
わたしの風景も　ようやく
真っ盛りの夏になったというべきか

＊岩佐なを氏の版画「昆虫塔」のタイトルを拝借した。

詩人の孤独——入沢康夫さんへ

詩人はどこかに
チェンバロを弾く一人の友がいると信じて
詩集という森のあちこちに音符をばらまきました
ドレミファソラシドをハニホヘトイロハに変換
音符は詩のなかに入念に嵌めこまれ
迷宮はより深くなりました

詩人はひねくれたトネリコの枝が
典雅なヒノキに化けていくのを楽しみました
しかし「この詩をつくってもう十年
誰ひとり詩の仕掛けを見破る者もなく
とうとう懸賞金を出したのに
それでも読みあててもらえません」

実りの秋　髪の長いバッハを先頭に
村人たちが鎌をもち　森へ入って行くと
あちこちから茸のクラヴィア
ヒノキの共鳴　というぐあいにはならず
やはり森はひっそり
猿一匹おりません

長夜

レモン色の携帯電話が
夜じゅうレモン色の沈黙をしているとき
一篇の詩が藻屑を引きずって
はるかＢＣの彼方から流れついた

生年不満百　わずか百年に満たない命だ
常懐千歳憂　千年の憂いは抱くまい
昼短苦夜長　昼は短く　夜は長い
何不秉燭遊　さぁ灯を掲げて遊ぼうじゃないか

漢の無名氏は吟じて
陽気に銀の燭台を持ちあげる

ああ　わたしたちもそうしている

月の出の港から血の予感を誇って
航空母艦が出て行く夜だ

無人郷——渋沢孝輔さんへ

ヘビースモーカーで酒が好きな
嵐坊と号したこともある詩人は
あの二月のただならぬ乱雲に乗じていち早く
この世を去っていった
いったい何をそんなに急いだのだろう

地にうずくまる詩碑は
われアルカディアにもあり
とうそぶいているが
それもすでに掌のような
蔦の葉群れにぎりぎりと包囲され
年古りた面持ち神さびた風情で
濃い霧の環礁のただなかにこちらを凝視している
何をいまさら物見しようというのか
水先案内人はもう誰とも分からなくなったいま
天に問うてみるまでもない
詩人は自分で予言したように
すでにアルカディアの住民
こちらは嵐にも雨にも立ちすくむしかなく
霧笛のようなエンジン音が沸いてくる土手の上を
両手をのばしそろそろと歩いて行く
あの詩は粒子でできていて宇宙と同じ構造です
と答えたりしているがそれも疑わしい

上州広瀬川は気うとく流れ
幻の魚もすでに住まず
先人とわたしの虚ろな思いだけが往来する
　とこのように書いてくれれば
唐の詩人が黄鶴楼を詠んだ詩に
いつの間にか誘われているではないか
「煙波江上人をして愁えしむ」

旧暦

鯉幟の矢車がはりるとまわる

りはる　るはり　はるり　りはる
るはり　りるは　はりる　るりは
若い男が庭で脛を洗っている
その足ゆびの股に水があがる音だろうか
りはる　るはり　はるり　りはる

あれは若い祖父だ
「金平糖をやろうかい?」
と　やさしい声をだした

矢車が　はりる　とまわる音とおなじだ
風をゆっくりと連れている
びっしょり水を撒いた門のところで

ひょいと祖父に出会ったのでわたしは
いまころ井戸掘りだなんて　と思う
やわらかい土の山を越えて井戸を回りながら

「あの女　鯉に似てるのさ」
祖父の痩せた脚のかたちがわたしに似ている
夏の法被《はっぴ》のふところに青いかげを覗かせて

そそくさと　その女に会いにいくらしい
脛を洗ったんだもの　そうだろう
りはる　るはり　はるり　りはる

るはり　りるは　はりる　るりは　るりは
と金色の矢車がぬるい風にまわる旧暦の庭から
ひらりと職人の祖父は緋鯉にのる

はるか甍の波の上に泳ぐ　泳ぐ　泳ぐ
これから孕まれるのはわたしの母だろう
五月晴れは　いつも若い

仙境

霾《ばい》ふる
霾ふる
腐った水のよどむ川をわたって
白いススキをかきわけ
抜き足を横たえると
（いくつの夏を
　蓮の花は音たてて開く
　きみはいくつの花を聞きとめた？）

泡立つあの沼で
空き缶をいくつか沈めて　臭う水に
水吹く詞を浮かべるしかない　いまは
（水杉の涼しいあそこで
　遠い祖母たちが崩れそうな立て膝で
　終局のない碁を打っている）

埋めて霾ふる
霾ふる
黄の水干に逢う手立ても散じて
灰と化した経典のなかを
あやめも見えず行けば
すたれた言葉のなかでこそ　なかでこそ
（この草原で
あなたに会ったことがあります
まだ幼い女の子で
手に花を持っておりました
千年も前のことになります）

あれはたしかに
あれはわたしの花

月光と母

　月は北極の海の方にいて、老いさらばえた母のクラゲのような腕を密かに照らしていた。

彼女は街道に廃棄されている粗大な石くれに腰かけた。もとは薬師如来像の土台だったこの石は失われた仏とともに寛政二年の月光に照らされたことがある。真昼間だというのに、その月の光のしたからコオロギが這い出した。

排気ガスをふりまいてくる移動工具に乗りこみ、私たちはおぼつかなくどこかへ漂流して行くようだ。私たちは偽ものの満洲から帰還して、決められている行き先があることはある。しかしいつも行き先があることを不審に思う。

バスを降りて母の正体のない腕を取るとやわらかい哀憐の匂いがした。音もなくうねるエスカレーターに乗ろうとするが、彼女はあたかも縄跳びの輪に入る少女のように、何かの決意に頷いてようやく一歩を踏み出した。

若い女だったころの母に限りなく憧れていたわたしの気持も、酷薄な時間に琢磨されて冷たいアメジストに化してしまった。母を帰した夜は月が出ていてもいなくても月光がある。

＊

夜は
水のような光のなかで小さな光の骨をまさぐる
月から滑り出たなにかの証しだ
小動物のように
ここにそしてここに

つめたい巨きな魚が
月天から泳ぎ出て
落ちてくる
小さな骨のフォークに
刺し抜かれ
しかし血も流さずに
武蔵野の残り少ない欅林を過ぎて行く

小さな骨は円陣をつくって
夜なかの書棚のまえで追いかけあっている
やがて寄る辺ない子供のように

つぎつぎと光の水のなかへ倒れ伏す

＊

すべてはあの衰えたクラゲの腕を垂らす母が産んだものだ。今宵、九十年の時のなかを母は深く深く陥ちていく。産んだ者たちの阿鼻叫喚に囲まれて深く深く眠る。時の底へ果てもなく。そこでひたすら月光と薄明に浸されて、ゆっくりと時の血液を運行させ、夜明けには喉の奥からシギのような声を吹き上げる。

モノクロ・クロノス

［ベクトル解析］

少し川が臭う事務室で顔が壊れそうになっているトーア。新入社員トーア、木綿の作業衣はまだ縫製工場の匂いがして、昼休み、卓上の瓶のバラは誰にも愛されていない。図面の山をもうすこし押しのけて六人の男がトランプをはじめた。銜えタバコの男。笑っているトーア、工場の午前中はベクトル解析に熱中しすぎて頭が痛くなった。だから笑うのか？　まるでこの日しかないように、そんなに笑ってはいけないんじゃない？　やすやすと笑うな、笑うな。笑うな。

［カナダ側の瀧］

トーアの鉄色のトレンチコートはカナダ側ナイヤガラの瀧の飛沫で濡れている。水の流れにハサミを入れてピンでとめてみよう。いつもながらトーアのスポーツ刈りは狭いと思う。そのたった一つのヘアスタイルに異国でも固執していたのか？

瀧の公園で服装も顔もよく似たサングラスの二人の女が、ね、日本の方でしょ？　お茶でもいかが、お結びもあるわよ。少し太り気味だが美しい女たちだ。ひとりはかさばったベレをかぶって肩をむき出している。ひとりはトランジスタラジオをぶら下げている。ビートルズの曲はすき？　東京から？　とあなたは聞かれているだろう。いえ、ワシントンから。商社マン？　ええ、まぁね。前倒産したんだ、すぐに帰国するようにいわれている。前途はまっ暗さ。瀧のあちら側アメリカは明るいね。

ああ、アメリカは明るい。輝いている空虚。トーアはどこかで焼死する気分にぶつかっている。彼は焼死するのだ。その気分が姉が見ているこの一枚に保存されている。茶色に変色しているのはわたしだけが知っていて世界中が知らないこと。

[昔の寄居浜]

荒海の咆哮は全身を揉みまくり、揉まれて飛沫に息がつまる。だれか知らない数人はうつむいて感じる。百千の水の舌がひらひらと寄せては高く立ち上がるのを。数万のドラムを。それはクロノスの声、轟音の飛び散らかす飛沫に体を斜めにしてスカートの裾を手にまいている少女。やがてスカートもパンティも脱がなければならなくなるとクロノスは笑う。

[フェズ?・]

なにか憧れのようなものをこの異国の青年に投げてやろう。彼の手が頭を抑えているアラブの幼児。小さな唇。

トーアは雲の多い日なのに顔が歪んで、殺されるとでも思っているように、わずかな太陽を避けている。青年は開いた花のような笑顔で三人の男と横にならんでいる。

でも親しげにトーアの肩を抱いているのは、セーターを着たアラブのふとった男だ。しっかりと肩を抱く意味はなんだろうか。小高い丘の上、背後にひろがる街がフェズなのだ。写真のうらにフェズと書いてある。

その街の一軒の店、壺と皿がところせましと陳列してある店で、白いカフタンの男とジャケットに白い帽子の男がトーアのカメラレンズを見る……強い眼だ。撮りおわったら金を請求するつもりだろう。クロノスは後退して行く。トーアはあの花開く笑顔の青年とまだ出会っていない。これから丘を上って行くのだ。あの青年と肩を組んでその美しい温度を知るべきだ。やがて丘にならんだ四人の男と一人の幼児が撮影される。撮影した人の名がフェズなのだ。写真のうらにフェズと書いてある。

[隊商は行く]

虚空へ向かう八頭のラクダは二人の男を乗せ、六つの荷をつんで運んでゆく。地を曳く影は夕方である。モノクロの夕日の色は倒れ込んで起きてこない。灰色に失われる。彼らは去る。どこへか去る。永遠を越えて行方知れない。蹄の音も土埃もこんなにも静かに疲労と失望を踏んでいる。踏んでいるなぁとトーアは息をつめている。

［なかみはなにか？］

大きな失望？を頭にのせている。どこかの海の波打ちぎわを行く二人のアラブ人。どこで摑まえるのだろう、まだ拉致されていない寂寥は。短いまひるの影を引いているあの大包みのなかみはなにか？　トーアの赤い革のトランクにもこの幻影は収めきれない。向こうから男が一人ぶつかるようにやってくる。名乗れ、名乗れ、逃げ行くものを摑まえるには、野太い声でまず名を打ちすえる。アブドーラ！　アブドーラ！

［レモングラス］

街が違って見える。子供が横切るとうっとりと潤み出す。ちぢれ毛の愛らしいアラブの小学生が三人、本をかかえて道をわたる。あれ見てごらんよ、と甲高いアラビア語がはじけ、日本人だ、へんな奴、笑いかけている。空気がちぢれる。トーアも笑い……あれから三十年、彼らはもう愛らしいわけがない。髭があり妻がたくさんあり、甲高い声を失い……背後にいる柄つきコップと鞄の老先生は白い骨が透けて見える。街角で柄つきコップを持って立ってるなんて！　田舎くさくてわたしは好きだな。なぐさめはレモングラスの匂いがしている。

［トーアの妻ジョス］

ロトではない。両手を頭の後ろに組んで、まるで天使でも発見したように晴ればれと笑っている。天井は暗い。テーブルに銀のフォークが転がっている。そこに光が反射して聖蹟のようだ。髪も目も黒いスペイン風の若い女、トーアの妻のジョス。彼女は、ゲバラの本をたくさん持っている。ゲバラのポスターも持っている。白人の贖罪意識で日本人を愛している。トーアはバクルで他の日本人から彼女を奪ったのだ。呵責は果てもなく、ドラマのようだった。そしてトーア亡きあと、ジョスはまた日本人と暮らす。トーアよ、あなたは寂しくない？　そういうのって不純じゃない？　ぜったいに不純だ。わたしはジョスを許せない気分になる。死者トーアが許しても、ジョスにひげが生えても許さない。

［年取った魔女］

家中がソフィアのワキガの匂いでいっぱい、ゆらめく閃光。こうもいえる。ワキガの匂いがすればソフィアの得意なオムライスが食べられると、ゆらめく閃光。あれは何？　フィルムの一角につよい光がある。トーアはわたしの娘のアフリカの家に来たことがないね。死後のことだもの。そこへ光が気兼ねなく入った。トーアに絵本を読んでもらった娘がいる、ゆらめく閃光。トーアの声が聞こえる。昔むかし戸棚のなかに魔女がおりました、ものすごく年取って箒にも乗れません、ゆらめく閃光……。

［クロノスの巨きな影］

さきごろ死んだ母が残したものは、わたしがいま眺めている膨大な写真のはいった弟のトランク、ひびわれた赤い革のもう鍵がさびているトランク。それが母の忘却の形なんだろう。三十年前に死んだ息子のトーアの影、トーアの視線がとらえた影を入れてある。かつて彼女は見ただろう。笑って。笑い過ぎたりして。でもあの閃光の日からそれは忘却の形になった。彼女はトランクを捨てず、しかしさわりもせずに死んだ。腐敗が小さい肩のリンパ腺にいて、まだ旅を続けようとしていた。崩れた口でどこも痛くないよといっていたから、たしかにトーアを忘却したんだろう。光と影、時間と空気は写しとられたときにすでに滅びた。

しかし、あるとき水が流れることがあり、トーアが笑うことがあり、皿とフォークが鳴り出すことがあり、丘の上の雲が誘惑されて走ることがあり、壮麗な寺院の前に誰かが立つことがあり、ベンチにトーアが愛する母親と並んで座ることがあり、トーアが貨物船で貧乏な旅をすることがあり、見知らない街々を覆うクロノスの巨きな影があり……それがすべてイリュージョンであるにしても、たしかにこの古ぼけたトランクはトーアと母の偉大な遺産だ。

（『モノクロ・クロノス』二〇〇二年思潮社刊）

詩集〈衰耄する女詩人の日々〉全篇

水の味

山からくる筧の水を飲んでいると
樟脳の微かな匂いがした
大樟の気配が山のおくから吹いてくる
静かに坐っていると火口湖も見える

寺院でお札をいただいた男が
樟の風を簾のように押しわけて傍へきた
観音さまの頭に水をつけてください
この山の下蔭の功徳を分けてくださいという
わたしにそんな資格があるはずもない
鶴にならあるだろうけれど
意味もなく女詩人はいった
千の手が蓮華のうえに立つ仏の頭を
男の青い目が刺して　ぜひお水をと必死にいう

しかたなく
思い切って鶴になった
長い頸を流線型に曲げて観音の頭を嘴でつついた

そこから木版刷のお札は破れた
観音さまの破顔を見てくださいと男が叫ぶ
かれの心は外れて樟の風になった
いっしょに山の水を飲んだ
喉から落下する水は冷たい鶴の羽

プール館

ちぎれた葉っぱのように
そこに浮いていなさいと簡単にいう
葉っぱはなにか面白い演技を
見せてくれるかもしれない
あるいはその水は
彼女が溺れるのを

見ようとしているのかもしれない
鼻の先でガラス吹きのまねをして
透明な水のかたまりを噴きあげる
　一頭の象のイメージ
その重量にいっぴきの女詩人は沈んだ
沈んだ重さをふりはらおうとして
浮かぼうとして
水の胞衣から逃れ出ようともがいている

もう水に生きられないほど
退化した人類の女は花柄水着に
青いゴーグル
身体に隠匿した予言も能力もなく
みどり色の皮膚と肺はさらに開放されない
やわらかい水の唇がいう
ついに一枚の葉っぱになればいいと

一月の顔

衰えた一月の顔をじっくりと見せておくれ
植栽グループが先週伐った樟は
すでに匂いがない
武蔵野の生殖は深くふかく隠れている
身を縮めて性を取り込む季節だ
焚き火は湿って声もなく
そこを古い無声映画のように
道を失ったヒロセ探検隊が雪煙をあげて
通り過ぎてゆく
どこへか？

きのうの酔漢の臭いがこもっている物置で
固くて陰気で
触れるものをかたはしから傷つける熔岩を
女詩人は見つけた
石族譜を書いた詩人のものだ
遺棄された凶器のような歳月のかたちだ

すでに彼女のゆがんだ顔面にも
むざんな擦り傷はあるが
枯れ木の景色が見通せる窓のむこうには休火山が
野火止から見る一月のフジヤマ
なんと間が抜けていることだろう

禁句

深い井戸なんかを覗きこむな
そこには必ず幼いいもうとが死んでいるのだから
夜明けにふと眼をさましたりするな
銃撃の音と
キャタピラーの地鳴りの残響が聞こえるから
世界ではまだあの時代をコピーしている
「生には意味がない」
そう書きつければ
死んだいもうとは初めて大笑いするだろう

「そうなのよ　意味なんかあるものか」
と女詩人は力をこめて書きつけている

難民になったいもうとは
死ぬ前の日
ソーセージを無性に食べたがった
日々色濃くなる生の意味は肉質

ステージに硝煙うずまく

「おれのステージには硝煙うずまく
おれのステージはどちらかといえば凶暴
おれのステージは愛されているよ」
と歌手は大きなゼスチュア
とくに死体愛好者のアメリカ人たちに
熱烈にうたってやる
硝煙と凶暴を愛して止まないから
世界中に死体をばらまいて止まないから

ひびく低音が女たちの
心臓をビブラートする
心臓をビブラートさせるのは
凶暴なことだ
淫猥なことだ
恥ずべきことだと女たちは身もだえするが
それでも彼女らは歌手の汗を愛して止まない

「ああ神よ　正しく見る目を与えたまえ
荒れた野山にかけるミサイルの虹のように
おれがずずんと慰めてあげよう」
歌手は汗まみれのマフラーを
キスしながら嬌声に投げつける
片頬に冗談のような笑みをうかべて
スパンコールを煌めかせるオンステージ

「スペインは知らないが
フラメンコは大好きだ
天国は知らないが
おれの生まれた場所だという」
歌手は天使に見えないが
その一変種にはちがいない

いつの間にか熱狂の半世紀が過ぎて
女詩人は年月の冗談ぽさに泣く
「しろがねの乙女よ　出発だ！」
そんな殺し文句をうたい
天を指差していた歌手はとうに死んでいるが
女詩人はなおさらに硝煙をうずまかせたい
凶暴のリズムで復讐したい
どの相手もとうに死んでいるが

潭という時間

ホテルのドアをたたいた男は潭と名のった
面会票に思いつくかぎりの文字を書き付けて

フロントを通ったという
盗賊のような汗と埃の匂い
女詩人は会議が終ってマイクを外している

夏の時間がまだ空に残っている
もうもうと湯気立つ噴水と
天使の彫刻を飾った植民者の庭園を
潭と女詩人は歩きまわった　やるせなく

「われわれはやはり同じ一人だ」と彼は思いつめていう
「うすうすは分かっていたけれど」と彼女も蒼白になる
「それでぼくたちは決して結婚できない」
ふたりの首の同じ箇所にある緑色の痣が二つの音を立て
る
キューン　キューン
「たくさんの暗い部分がぼくたちにはある」
キューン　キューン
「暗い部分がわたしたちを見えなくする」

きらきらする水の反映のなか
内股に青緑の苔の生えた
湯気立つ天使の群れのあいだを
（手をつないで）
天使のように巡りながら
女詩人は（潭と同一の）
真昼の長い夢のなかみを思い出そうとしていた

潭は牢獄に繋がれていたことがあった
その長いながいあいだ
壁に掛かって捲られていくカレンダーのように
彼女は痩せ細っていった
長い詩を書いていたころのこと

＊潭は女詩人の詩神なのであろう。

外号《ワイハウ》

隠し事はしないと約束したのに、潭は日々衰耄する女詩人に戯れにつけた名まえをずっと隠していた。

杜麗娘……ドーリィニャン。

しかし若い潭はこの美しい名を口にするのが恥ずかしい。

なぜかといえば、滅亡した娘を呼ぶのに似ているから。

どこか屍姦にも似ているから。


杜麗娘……ドーリィニャンは決して呼ばれることがない。


潭はよろよろする女詩人の腕をとって南京路を徘徊する。

彼女は骨董屋の店先で、埃だらけの雑貨をかき分け、とつぜん自分の朦朧とした顔に出会っている。それは三生の区切りなく「虚ろ」を映している髪油のしみた烏木の鏡台。

その奥には潭がいると彼女はいう。

女詩人は壊れた引出しを開閉して、自分の買いの気配が色のついた煙のように手代の鼻先に漂っていくのを見ている。

これは清代のものですよ、果たして奥の方でもう声が揉み手している。


にせものに決まってるじゃありませんか。

あいつらに甘い顔を見せてはいけない。

あんな物が欲しくなるあなたの性格が不可解です。

潭は……滅亡した娘に説教している。


揚州行長距離バスはもうエンジンがかかって車体をぶるぶる震わせている。

骨董屋の手代は朽ちかけた鏡台を大切に捧げ持って見送りに出ている。

潭はわざとらしく扇子を開いて無視。

バスが動きだすと老成ぶったガーゼのような声で「眠りましょう」と女詩人にささやいた。

睡了、睡了。

深くどこまでも眠るがいいさ。杜麗娘……ドーリィニャンという外号。

＊杜麗娘は明代の小説『牡丹亭』のヒロインで幽霊になりのちに愛の力で甦る。女詩人の外号（綽名）であるわけもないが、女詩人はじぶんを幽霊になぞらえている。

夕陽の階段

駅の回廊の窓から赤くあかく夕光がさしこんで
カメラを構えた男が光に立ちむかう
あれが潭ではないだろうか
俯瞰するレールはかがやいて浮き上がる
蛇行して化粧のように光をすばやく刷毛ではく
光がレールを移行していくと
かれは身軽に別な窓へと光を追う
あの華奢な背骨と飛ぶような脚のはこび
あれが潭だという確信もないけれど
潭ではないだろうか

足を挫いて杖を突いた女詩人は
回廊で男の撮影がおわるのを待っていたが
こうも思いたい
あの夕陽の走るような速さをわたしたちは分け持ってい
る
それが潭という時間だと
夕陽が駆け去るまでの数分が
潭という時間だと
潭が心からわたしを愛したことがあったのか
と女詩人は猜疑しているが
男に助けられて階段を上がる杖は
もういちど夕陽を見ようとして急いでいる
潭という時間は潭が不在でも存在したのだろうか

霊の過剰

女詩人はほとんど潭のかすれた文字の肉体を乗っ取って
いたのだから、かれは知っていてこういった。ぼくの肉体をどんなに改修してもいいよ、あなたはぼくなのだから。かれの書きものの霊は過剰になってきた。女詩人が過剰な霊を付け加えたのだろうか。とにかく彼女は自分の作る大きな余白の意味に胸をしめつけられた。これは精神と肉体は密接だという考えを捨てるからだろう。そういうことならいま潭の偏食や皮肉癖にとやかくいうべきではないとおもう。

女詩人はこのことを夜、だれかに語った。わたしはかれを丸ごと持っているの、失くしたものは何もないし、得るものもないようなことよ。でもあたかもあるかのように悩みがわく。

女詩人は書きものが恐ろしい。潭の書きもの、自分の書きものの谷間に淫して死ぬおもいがたびたびする。現実と夢想の誤差は肉体をひどく傷つけてゆくものだ。夢に半ば身を浸していれば姿勢によっては溺れて息が止まることもあるだろう。女詩人は潭とのこのような経緯をほとんど愛して窒息しようとしていた。書きものから醒めなければならないか、あるいは酔いをもっと深めなければならないか。あそこに火山があるのを、濛々と煙を噴き上げているのを、にぎやかな街を歩いていても敏感に感じてしまう。その霊が書きものの霊だと分かればなおさら逃れたくもない。むしろ閉じ込められて窒息したい。

この夏に脇腹に帯状疱疹の水ぶくれを繁殖させた彼女は痛みにうめきながら不眠である。潭は淫売宿で捉まり牢獄に入っていた。だからそのぶんとも痛むのだ。女詩人は自分の死にゆく過剰な霊のことをおもい、失くした物はないが時間が失せようとしているともおもう。もう潭の書きものの霊に何を付け加えることもできない。彼女はその空虚をただ書きに書くしかないだろう。死にゆく過剰に何一つ付け加えず、むしろ息が詰まらぬよう引き算をしながら、潭を忘れたのではなくますます一体になりながら、その呼吸に息を添わせながら書いていくしかない。

潭はある朝、まだ夢の暗いうちに女詩人のベッドへきた。

そっと添い寝をしている。彼女はかれが出獄したと悟った。脇腹にきつく巻かれた潭の腕の水疱をつぶす重みにうめきながら、霊の過剰に苦しむ日がまたきたのかも知れないとおもう。

プリズン島

「あれがプリズン島」A教授が潮風をきって指さす。レモングラスの匂いのするザンジバル島から見るインド洋の青はむこうの方でけむっていた。でも女詩人はそのときそうは思わなかった。あれは香料を積み出すアラブの船、いまこちらへ近づいてくるとそう思う。

「あれは船よ。マストが高い」

「いやいや、どう見ても島だね」とA教授。

一行はエンジンつきのボートをチャーター、アフリカの太陽に炙られて真っ赤になっている。

「あれはマストじゃないバオバブの樹だ、きみは何にでも反対するんだね、悪いくせだ」と女詩人の夫がいう。たしかにその正体は船ではなく廃墟になったプリズンと巨大な象亀、大きな蠅がとびまわる島だったが……わたしが求めていたものじゃない、と女詩人は不服だ。でも夫のいうバオバブの樹はなかった。

「ね、あれはンジュンジュの樹よ」

「うるさい幽霊女だねぇ」

「マァマァ、お静かに」とA教授がいった。


女詩人はこれをミステリー小説の書き出しにしたいけれど、どんな殺人も考えつかない。なぜならもう全員がサングラスで仮装して死んでいるらしいのだもの。

象亀は話に聞いたように、海辺に椅子のように並んではいなかった。保護エリアで飼育されているのだった。〈亀に腰をかけてはいけない〉という英語の注意書き。これも女詩人の求めていたものじゃない。彼女は象亀に腰かけたかった。そのためにこの世へ来たのだとさえ思う。

柔らかい甲羅がヒトの重みで割れてガムテープで修理さ

れていた。彼女なら空気のように軽い。大中小と亀はウジャウジャ林のなかを這いまわっていた。その数に見合わないほどの少ない観光客はホウレン草を五十シルで買って食べさせる。亀は女詩人の手首にまで首をのばして獰猛に葉っぱをくわえ込んだ。驚いて立ち上がったとき膝がギクリと鳴った。その音は亀だけが聞くらしい。哀しい声でうめいてくれた。

プリズン島のプリズンは使われないままに古びて幽霊屋敷のようだ。罪人がいなかったから使われなかったわけではなく、なぜか使われなかった。なぜかが女詩人にとっては重要になる。職員宿舎の水道管は錆びてカァカァと喘いでいた。

苔むしたぼろぼろの壁のまえで撮られた女詩人の写真。罪人を収容したことのないプリズンと同じように陰惨な廃墟だ。それでもアラブの香料船が少しずつこちらへ近づいてくるとまだ信じているのか?

ドライヴ

エヌ氏は日産フーガを買った。

西へ行こう、東へ行こうという。

ぶるんぶるんとエンジンがかかりはじめた。水たまりに虹色のガソリンの輪がひろがる。

「こういう話をこのまえ息子にしたのよ」A子がサンバイザーを脱いで、サングラスをかけるといった。

「ガソリンの匂いが大好きだったっていうこと。むかしのガソリンは媚びるような匂いがしていなかった?」

たしかに半世紀前はガソリンの匂いがよかったな。女詩人は自動車の周りをくんくん嗅いでまわった。

「あのころは精製がわるかったらしい。すると息子いわく、ママはチョンマゲを結って自動車に乗っていたんだね」

「さぁさぁ早く乗ってくれ。チョンマゲでもなんでも結ってくれ。ボックスにはお茶とビールがあるよ。サイボクまでは二時間かかるから適当にやってくれ」

「このごろは息子に言い負けないの。そうよ、裃だって着ていたのだからね。百年くらいなによっていうと黙った」

はははは。笑える者だけが笑う。

車の四人、エヌ氏のほかはビールを飲み始めた。

「百年くらいすぐそこよ、だから江戸時代もすぐそこよ」

「江戸時代が来てもフーガでサイボクへ連れてくよ」

上機嫌のエヌ氏が宣言する。サイボクとはどこか？

窓の外で秩父の兎が跳ねた。

紺地に白兎を染め抜いたハッピに紺の股引。小粋ないでたちの江戸の盗賊がひらりとフーガに飛び乗ってきた。鬢付油のチョンマゲが目の前に来た。とうとう江戸時代が来てしまったたのだ。

「もしや、お前さんには兄《あに》さんがいたという思い出はねえかい？」と決まりきったドスのきいた声。

女詩人は飲みかけの缶ビールをボックスに置いて白兎の顔をつくづくと眺めた。どうも目が霞んではっきり見えないが、もしや、もしか、そうかもしれぬ。兄《あに》さんかもしれぬ。

「この人は夜兎の角五郎、ちっちゃいころ別れた妹をさがしてるン」

フリーライターのＧ子がささやく。

エヌ氏が運転席で叫んでいる。

「ほらサイボクが見えてきた、そこだよ、そこだよ。江戸の盗っ人は車から降ろしてくれ。ビールの空き缶もおろしてくれ」

霧雨が立ちこめている。ヘッドライトが看板を照らし出した。たしかに埼玉牧場《サイボク》。白兎はここの出身か。私たちもまた、ここの出身か。

あこがれの長征

もちろん、取るに足りないことで、あなたの耳に入れるまでもないことだったが……来る日もまた来る日も山の中の旅で、しかし今日こそは、目的地に着くはずだというのに……山は相変わらず目をさえぎり、山の頂きに辿りついて下に谷を見ようとすれば、前よりも険しく高い山嶺が聳え立っているのを見るのだった。長い馴染みになった白い道が、ごつごつした褐色の絶壁を巡って続いていた……わたしはつくづく疲れ果てていた。目的地の小鎮が見えるのはこの曲がり角を過ぎてだろうか、次の曲がり角だろうか……

やがて、やっと明るい視野がひらける崖に出た。しかし意外なことに眼下にはどこから来たのか数千の身なり貧しい群衆がひしめいている。わたしはその絶叫している群衆の前へ邪険に押し出された……汚れた軍服をまといワラジを足にくくりつけた二人の兵士が、わたしの左右の腕をきつく取っているのだ。誰かが厳かに「この女は死刑に値する」と宣告すると、群衆は拳をあげて「吊せ！　死刑だ！」と荒波のように叫ぶ……崖の下にはすでに吊された人の影も見えている。しかし、わたしが兵士の拘束する手を振りはらうとあっけなく手は溶解した。当然だ！　わたしは偉大な革命家だ。白い道を歩き出そうとすると、絶叫はばったりと絶え、群衆は掻き消えた、汚い兵たちも霧になってしまった……実際のところまた険しい山が眼前に迫っているだけだった。波の荒い大きな河がどこかの谷間で表れ出ようと待ち構えている予言だろうか？　それともそれは敵の気配だったろうか？

もちろん、取るに足りないことで、あなたの耳に入れるまでもないことだったが……山の壁に包囲されて、いささか焦燥にかられた右の目が見はるかす平原を、待ち望んだ左の目が一瞬幻覚したにすぎないのだから。とはいうものの一体わたしがはるか昔にどんな罪を犯したというのだろうか？……わたしは機械的に歩きながら、自分が堕胎したこと、姦淫したこと、殺したこと、盗みをしたことを一つずつ思い出していった。でもそんなことは死罪に値するとはつゆ思えなかった。山から山への旅を続けながら、白い道と褐色の壁が現れては消えていく危険な時間をひたすら歩きながら、いつかわたしが出会う罪とは一体どんなものなのか、豪華な死罪を引き連れている犯しとはどんなものなのか？　崖の縁にときたま現れるサボテンを割っては樹芯にたまった液汁を飲み、その苦さに呻きながら、革命の未来を目掛けて歩いていった……。

理想生活

ベランダの不毛の乾燥地帯
干し物を抱えて
息を切らせた女詩人はサンダルのまま
ワインの空き瓶に乗り
変色していくシクラメンのよれよれの
萎れた赤い花鉢に乗り
ついに月経色の花の上で足を挫いた
激痛で半分出来ていた詩篇を失う

ガッデム！
それはどんな詩だったか
閃光のような印象だけがのこっている
なぜかといえば
言葉が爆発していたと思うから

おれは死にたいんだ！
眼を負傷した兵士は
テレビニュースで叫んでいた
ああ　彼女は盲兵の泥だらけの手を引いて
吠えまくる犬どもを牽制しながら
死刑のあった廃墟に踏み込んでいくだろう
あのなつかしい硝煙のにおいの中へ
言葉はそこにあるに違いない
血の色の花もあるに違いない

女詩人は愛用の兵隊ベッドの上から
よなかに釣り糸をたらしている
紅鮭の遡行はいつあるのか
いつかはきっとある
波を逆立てて上ってくるものが
たとえ古い知り合いの水死人でも

とりあえず釣り上げておこうと思う
欲しいのはチリ紙と歯磨きチューブ
乾燥野菜　凍ったクジラのさえずり
コットンのパンティ数枚
電球も一ダース　買っておこう
一生スーパーへは行きたくない
電話には出ない

π《パイ》

若い女詩人の髪の毛は長い
みずみずしい初夏の毛髪
大きな切れ長な目は男をみている
かれはキリンのように首を突き出す
とつぜん怒張して突き出す
「そんな下らないことを、ばかね」
と彼女は石のようなものを落とした

やはりブラジャーがひきさかれたのだ
大きな蓮の花の群れる池
風にゆれる提灯を引き止める輪が
テーブルの上にあった　あっても
ブラジャーはひきさかれる
鴨も月もひきさかれるだろう
びりりりと
それはどんなπか見てみたい
男はいう「作品を崇拝しています」
びりりりり

衰耄する女詩人はべつなテーブルから観察
彼女にはそんな曖昧なπはもうない
白内障にかすむ目で新鮮な空洞をみる
婉曲に押しのけることの腐心も
しなくても　しても流血の日々は過ぎた
若い女詩人の髪の毛は長い
顔の半分が隠れるくらい長い
しばらくうつむいたまま

蓮見団子は食べない
お茶も飲まないらしい

十二月

冬瓜のように透きとおってしまって
どうしようか　母よ　母よ
と女詩人は嘆く
海馬が見えるだけの形いい頭のなかで
ときどき
古い銀貨が鈍い光りを放っている
あの記憶はなんでしょう？
衰耄してゆく娘が
たぶん冬瓜のなかに住んでいる
みじかいエプロンを掛けて
醜く小さく歯のない口をあけて泣いている
蓋のきつい香水瓶のなかに
魂を入れてしまった　母よ　母よ
と女詩人は嘆く
なくなったものは思い出せない
愛したかどうかも思い出せない
ときどき
冬来たりなば春遠からじ　と繰り返しているが
冬来たりなば春遠からじ　そうだろうか
水晶のような冬瓜頭はここにいるけれど
出かけて大分遠いらしい
衰耄する女詩人も見当たらない
その母も不在の冬がうずくまる

みみずく「ゼン」の思い出

窓べに飾ったガラスのみみずくは女詩人の母の八十八歳の誕生日に「だれかが呉れたもの」それはだれだったのやら。

彼女はときどきみみずくに「ホーホー」と質問している。

皺のなかに隠れた唇を赤くひらいて、君のもつ智慧ってなんなの？

その沈黙は果たして黄金なの？　ホーホーホー。


ある日、ロバに乗って故郷のベネチアを出た放浪のわたしに賢者の知慧などあるわけがないのです。くだらない見聞ばかり溜めこみました。だから下手な箴言などはつつしんでしゃべらないのです。非対称の美しいガラスの両眼だけが取り柄のみみずくです。片方は金色、片方は灰色の。


八十九歳の母はひるねの夢を愛している。とくに淫夢を愛しているようだ。

目覚めるとすぐ彼女は窓べにいってみみずくを突っつく。これこれ。

ホーホーホー、こんな夢を見たよ、どうしてだろう？

吐き気がなくなればもう帰ります、お客の生白い男がいっている。すると主人が（ああ、彼はとっくに死んでいる）添寝してやりなとわたしにいう、はい。男が急にわたしに跨がってくるの。そして、あなた、口のなかへ深く舌を入れるじゃありませんか。ゆっくりと、ゆっくりと、ゆっくりと、イタス。

主人はきげんよく黙って見ている。不気味でしょ？　でもこれは夢だからね、許さなくてはならない。わたしがどうなっても、そう考えてあきらめていたけれど嫌いなお酒をのまされている気分。わたしの上からおりた男の額がみえる。男はうつ伏せてまた吐きはじめた。主人は笑っている。男はそれは苦しそうに吐くの。ああ、わたしの死神を吸いとったのだなと思ったよ。

金色の目をよく見てください、片方が暗いと思うでしょう？　左目は灰色がかった金色なのです。ひとがいぶかって見つめなおすと暗がりから黄金が浮かびあがってくるのです。その非対称の美しさは類がないとだれもがいいます。（それはだれだったのやら）
母は九十歳のころにもガラスのみみずくを、これこれ、と突っついていつのまにか「ゼン」よと愛称で呼んでいた。それははたして「禅」だったのか？　やはりひるねの淫夢らしいものを語りかけた。

ホーホーホー、こんな夢を見たよ、どうしてだろう？

唐紅の太陽がのそりと上がって、リビングのテーブルの上でイタシテいる男と女を熱く照らしている。それが見えるはずなのに、ひるねの夢は毛布のはしから遠くどこかへ落っこちてゆく、睡魔の影さえ見えないほど薄暗いの。「ゼン」の左眼とおんなじだ。たとえば食べてしまった桃の失くした輪郭とか、死んだスパイの火葬にした日記帳のようなものなら、つまりジュースや炎ならひるねの夢にふさわしかろうけれど、夢が灰色にこんなに黄昏てしまってはと悲しかった。もう何も見えないのかもしれないね。「ゼン」ょ。

地下壕の土の匂いがしてきた。テロリストは死んだのか逃げたのか。空っぽの暗がりのそのあたりに、生暖かい電気のスイッチがあると思ったのに、夢を明るくするものはもう何もないのよ。戦争があったらしい。爆音は遠く去ったようだけど、だれも帰らない壕内は深くねむって揺り起こされる人のようにときどき唸っている。寝がえりを打っている。その薄暗やみのなかに毛布はどこ？と声が聞こえる。ああ、この壕はわたしの夢に揺り起こされて唸っているのねと自然に分かってきた。そうでしょ？　「ゼン」よ。

わたしは沈黙している。夢なんか見たこともないからです。融解点をまちがえたベネチアの職人が、左目にふしぎな光を宿らせた。その偶然の美しい光にむかってホーホーと唇をすぼめている老いた愛らしい人よ。ひるねの夢にやすやすと現実を受け入れないでください。かさねて言いますが、わたしには智慧もない、だから悲しみもないのです。

地下壕を揺り起こしたあとの女詩人の母は力つきてベッドにねているだけになった。ひるねの夢も見なくなったらしい。「ゼン」よ、「タンゲサゼン」よ、とみみずくに

呼びかける。ねぇ、青春と革命はもう来ないと思うよ、
ホーホーホー。
それは地球の本音だろう。

ウパニシャッド

1

(わたしはこのお粥を赤ん坊衆に施します
(このお粥を遍くすべての赤ん坊衆に施します

なだれる葡萄のように
本堂に湧き出た五十人の僧侶が
畳を踏んでW字形に往来する
白い足袋に込められた男の足が往来する
僧衣の袖で香煙を巻き上げる
さわわ　さわわ　さわわ
女詩人はへんぽんとする衣の風をよける
線香のけむりに噎せている

女詩人は偈《げ》のなぞが気がかりである
(わたしはこのお粥を鬼神衆に施します
(このお粥を遍くすべての鬼神衆に施します

よく耳を澄ませばこう唱えているのだったが
どちらも言うまでもないことではありませんか

2

老いさらばえた生者たち
親しい死者にはまだならない
われわれ
あそこに座って
胸をえぐられるようだった日
ピッパラの樹齢より若いが
決してその木に登ることはない人々
金平糖と番号札を手にさげて
木の卒塔婆が配られるのを待っていた

伐られたピッパラの香りがしきりにしてくる

いったい赤ん坊衆はどこにいるのか
いったい鬼神衆はどこにいるのか
どこへ出かけて帰らないのか

〈形質は草露のごとく
〈運命は電光に似たり

五十粒の葡萄の声がハモっている
彼らもバラバラに出かけて帰らないのだ

3

オンマ　クラサイ　ソワカ
なおらいの鰻に夕陽があたる
オンマ　クラサイ　ソワカ
偈《げ》を唱えて食す

コップにそそぐ水は天の甘露の味がする

心もお腹も飽満です

石塔のなかには親しい死者の髭さえなかった
それでその人はいつどうやって死んだのだっけ?
飛行機で焼け死んだのだっけ?
喉に腫れ物ができて死んだのだっけ?

〈死はみんな同じだよ〉
やっと親しい死者のはるかな声を聴いた
思ったよりつやめいていた

4

白いドアに大きな蝶番が
とれない痣のように
すでに午後の陽射しもかたむき
かつて社交フロアだった
斜方形の木の床に蚊取線香が置かれ
けむりは背負った子供の眼にしみる
わたしがその子供だったこともあったっけ

女詩人はしみじみと回想している
古い記念館の住人たちは死に絶えた
大きな壺に投げ込まれた花々よりも先に死に絶えた
主の妻は品格あるうつくしい婦人だった
晩年まで女子大生のために講演した
小柄な肉体が立ち去ったあとの
ほの暗い居室のなかの
老眼鏡　筆　硯箱
百合の透かし彫りのある茶棚
彼女の誉れは掲げられた勲一等だけでもない
人形のちいさい着物を上手に縫ったこと
姑を愛したこと

5

鬼門
蚊いぶしのけむりを伝っていくと
鬼門である
書斎に館の主のデスマスク
鼻梁高く　頬には髭の跡が残っていた
女詩人はたましいの抜けあとの寂しい顔を見る
死顔に押し付けられた無機質の石膏の
つめたさを思って
彼女の好奇心は熱くなる
そして
それから

それから
だれとも知れない者が内心に叫ぶ悲鳴を聴いた
ああ　消えておくれ！
ああ　残ってはならない
死は暗号だけでいいの！
女詩人はデスマスクから離れて
荒涼とした心の底の硫黄の山をよろめき歩く
ああ　栄光あるデスマスクよ
消えておくれ！
戻れると思うなよ

（『衰耄する女詩人の日々』二〇〇六年書肆山田刊）

詩集〈胡桃を割る人〉から

見聞

古い村落の
祠のそばの大きな樟

雨傘のような全体のかたち
幹は白鳥の首のようで
半円　半球の梢を支えている
幹にさわれば恐龍のうろこのように厳めしく
このあたり文字では表しきれない

こんな比喩だらけの手紙から
りっぱな樟は芽生えないのを
彼はよく知っていて
休日ごとに火車*に乗って
樹を見に行くと書いてきた

大きな雨傘のしたに
美しい白鳥が首をのばしていて
そのそばを火を吹く車が走っていく

＊火車——中国語で汽車のこと

摘み草

溜水地は早い夕暮れ
野蒜を摘んで
泥をはたいているうちに
母とはぐれた

アケビ蔓のおかしな籠を腰につけ
手をつないでくれた母
いまはウプラという町にいるという

それが日々滅びゆくわたしの
日々滅びゆく愛しい母
この世は　もうそれっきり

西武線

レッドアロー号は西風のように
疾駆する

わたしは鈍行に乗って
仏子という駅があり高麗川という駅があり
乗りかえても　乗りかえても
白い花辛夷ばかりだ

茶色の老年期も西風のようにやってくる

流灯

こほろぎのすだく原っぱは
若冲[*]の青で彩色されている
赤ン坊たちが草相撲をしているよ

小さいころのわたしはそうだった
覆面したペンキ職人がとても恐かった
彼らは型紙を使って

噴霧器で部屋の壁いちめんに
チューリップを吹き付ける
花の色は若冲の好きな雄鶏の冠いろ

どうしても血止めの草の名を思い出せない
いつかは帰ってゆく天界の橋だ
こほろぎ色の指輪をはめて絵師の縁側にたどりつく

*若冲――江戸期の画家

七月

七月の空気は透明な裸
恥ずかしいから蓮池に隠れている
大きな葉のしたから蕾を高々と掲げて
みんなに見せている

たいていは朝の水辺でのできごとよ
すっきり伸びた茎の先の
蕾がやわらかい指を開くとき
花の手のひらが
木霊を隠していたことが分ってしまうの

一輪　開いて　ぽん　幽かなおとがして
山の空気は山へ帰っていく

話してくれた祖母は
百歳の手のひらを　そっと
蕾が開くときのように開いて見せた

無数のしわに刻まれた手のひらから
七月の無音のおとが空に放たれた

しずかに目をつむってお聞きなさい

群狼

夜の狼の群れが
くさい息とよだれを吐きながら
昼寝のゆめを徘徊している
ときたま牡丹のような
赤ぐろい口腔を見せる一頭が若死にした弟にちがいない

怒濤のように走り渦巻く群狼のうちから
なぜ　そうと分かるのだろうね

すると　ゆめの　しわ涸れた声が
でもあれは哲ちゃんよ　と

くりかえし断言する

火薬のゆめから解《ほど》かれて
庭で蠟を煮ている午後
しずくするロウケツの白い半月
しずくする蝸牛の粘ってひかる這いあと
しずくする頽廃していく内臓

姉妹

氷山は近くにあると
感じるだけの
氷の青で
いつも妹はイマージュだけ
夜は深く深く
彼女の脳髄に垂れ込めている
そこには一抹の北方の気配

夢のなかで
氷を胸に押しつけられ
布裂《きぬ》くような声をあげた妹が
寝静まって
はじまるもの思いが
地味なわたしの服を着て
夜じゅう部屋を歩きまわっている

氷山は近くにある
　だから　どうなの

月下美人

はだかの欅が並ぶ旧道
横切る尾長鳥のするどい
青と木枯らし
窓に満ちている武蔵野の
枯れ色の

アストル・ピアソラ
彼の痩せてゆく氷の楽譜を眺めていると
四小節のくりかえし　律儀なくりかえし
とつじょとして
乗馬鞭のような絃音が

モノクロ映画の
女の細い靴　リボンの風
青と木枯らし

一輪車が空き地をわたって行く
子供たちが
月下美人の話をしながら

恋猫

あなたをすっかり理解しているわ
海が媚びてゆれかえしている
ウイキョウをなめるように
仔を食べた過去をもつメス猫ちゃん
彼女はふてぶてしい猫だ
ふとっているという意味においても
そうじゃないかしら

彼女の男性遍歴は知らされなくてもきっとブルー
いまや海辺の空を背景に猫はすわる
じいっと鑑賞者を見返している

真理を得たものはふとる
彼女のあごの巨大な肉ひだは
トネリコの樹だって育てるだろう
死んだモノって不味いのよ
とメス猫は考えている

新緑

ストローの夏帽子のかげで
かばんの紐が喘いでいた

四十雀が遅咲きの山桜を
ついばんでは茶店のベンチへ落としていた
花は完全な五弁のまま落ちている
峠の奥からはもうれつな緑のあいさつ

わたしはもう樹の息をつくしかなく
汗染みをのこして胸から羽化していくものがあり
じぶんが
どんな游魂になってしまうのか
言うにいえないのだった

冷やし飴を飲んでも
お茶をすすっても樹の味がした

打ち水

甘味屋に入ると
てっぺんから赤く染まったかき氷を
だれかといっしょに飲んだ
打ち水の蒸発する夏の匂いがした

並木を剪定していた職人が
あそこに　と指差して
打ち水があるね　そこを曲がってすぐ
と　無愛想に道をおしえたのだ

真夏の打ち水のように　と
比喩したい涼しい人には
まだ会えない

大きな櫂

とてもだめです
わたしたちがボートを漕ぐなんて
紫木槿の花々がいう
風がざざざと笑う

それなら誰が漕ぐのです
夏の終点までやってください

樹のしたに坐って
朝のうつくしい水を飲んでいると
ほら　とわたしも
大きな櫂を手わたされた
夏の終点まで行きましょうか
いいえ　夕焼けまで漕いでください

満月

月光は波の色して
切り立つ崖のあしもとへ寄せ返す

月光に染まった小さな黄色いたましひが
海底の太鼓打つ音を聞いて吠える
わん、うぉゃん
わん、うぉゃん

「花を折らないで下さい」
「断崖に登らないで下さい」
看板のある松の根もとを
もう一つ登ると崖のてっぺん
黄色いわたしの犬は月に向かって
狼のようにまた吠える
わん、うぉゃん
わん、うぉゃん

波がはげしく歯嚙みしている
そのまっ白い歯の起伏
「飛んで下さい」
「飛んで下さい」
誘われても吠えるばかり

胡桃について

胡桃割り

赤みをおびた花をつけたあと
胡桃は石核のまわりでふとっていった
それからすこし経つと
割れくちに大きな赤い提灯が対になってさがっている
ペンチで両開きにすると
木彫家具をおいた広間のようで
茶色のニスをぶっ掛けたようで
だれかがこの賓館にたどりつくのを待っているようで
外出から帰った人は二つの中庭を通り抜ける
五つのドアを開閉して
たどりつくのは
石のテーブルと四つの陶製椅子がおいてある静かな中庭

胡桃の間取り

廊下で年とった宦官に出会った。かれは身分をあらわす羽根と宝石のついた大きな帽子をかぶっている。ころころと手のひらに二つの胡桃をころがしている。首を右下に傾けて家主らしく鷹揚な挨拶をする。

中庭に面しているドアと窓には、レースと化織のカーテンがたれていた。夜なかにカーテンを引いて空を見あげると矩形の空、つまり、ちいさな中庭の形の星空が頭上にある。星明かりの庭に出て冷たい陶製椅子に腰かけていると、この場所が日ごろ求めていた場所のように思われてくる。去勢やアヘンや纏足やの人智の限りに守られているような深い安心感。幾つもの複雑なまがりくねった壁に隔てられたこの部屋には、盗賊もたどりつけないだろう。あまりに奥まっていて街区のビル建築の騒音もまるで聞こえない。
部屋の天井は淡いブルー、彩色された百合と飛天女がえがいてある。布団は赤い絹で、そこにくるまって寝ていると、ずんずんと龍に化けていくのが分かる。

胡桃のノクターン

はらはらはらはら
林は昨日あたりからしきりに身震いしています
ゆっくりとカマキリが
　役目のすんだオスを食べているころ
山小屋でひとり耳を澄ませていると
微かに満月が減ってゆく音もする
わたしはあなたのお母さんではありません
化けかけている山姥でもありません
これからペンチをかざして胡桃を割る人です

真珠

お祖母さまの弾き初めはどんな風だった？
いきなり欅枯木のような音階でしたよ。
その娘は赤いにきまっている。

石炭の臭いがしていた。
真冬の武蔵野には枯れた欅の行列ばかり。

振袖を着ているんだものっ、
わたしは叫んでしまいました。
御所車には猿を乗せていなかったっけ？
いませんでしたよ。

日清談判が破裂した頃でした。

彼女はもう何も話さない人になった。

恩師

樹下に瞑想していると
黄疸を病む富樫先生に会った
トレパンのいずみ先生
下敷きで頭をぶつ林先生にも

蝶がざわめく樹の下で
川岸の黒い体育館を
わたしは胸にひっそりと抱いている
先生が弾くピアノの
古い小学唱歌に合わせて
髪をサンサンと散らしている

坐るのはネムの樹の下がよく
悲しみは
水辺の体育館でよく育つ

わたしはとても小さかった

黄砂

霊魂はいつからか小さい兎の姿をしていた
それがわたしのたった一つの失くしもの

黄砂吹く故郷の街を兎が歩いているゆめを見た
ウイキョウの香りする火腿店《ソーセージ》のまえでうずくまり
黄色くなった耳をこすっている

わたしが生まれた産院も立ち込めた黄砂のなかにある
心配しないで下さいと兎の尻尾がいう

印象

ハバナはいい街だった
例年になく寒い夏だといわれていた
黒人とインディオと白人の詩人たちがいる

望楼が海の敵を見張っている
石垣栽培の植物のように
防波堤にはサックス吹きの男がうずくまる

すでに語られた運命は
島の不朽と永遠を示すゲバラの大パネル
見えない天使と　サルサで街をねり歩く人たち

殷賑は問わず市場は半世紀前のままで
ただ鶏卵が不足していた
満月は欠けもせずに泰然としている

葉っぱがむやみに入ったミント水

旧式なアメリカ車のむやみな排気ガス
わたしはその街で震えながら詩を朗読した

大連——D・Cに

朝早く北の港町に着いた。
あなたの住んでいた丘の上の古い庭園へ行って、
一本の若い偽アカシア、
陶製の鶴、
細い雨に出会っている。
あなたが掌で弄んでいた一双の青い翡翠の玉は、
飛び立ってしまったが、
目のまえの景色はあなたが見た景色であろう。
蝶は永遠に来ない。
その寂しさ、その灰色、
枯渇した河と内側の暗黒に耐えている塔、
寄せては返す渤海の轟音、
鳴きながら回遊するうみねこ。

虚空に浮いている観音の
一双の翡翠の眼がそう書き付けた。

はつゆめ

これやこの行くも帰るも　と
まず琵琶弾きの蝉丸が滑りでる古いカルタ箱
それから紙の宝船を枕の下へ敷きこんで
見る　はつゆめの　なかの
あなたは誰ですか?

その人はものをいわない
ただ熱い右手をさしのべて
わたしの手を強くつよくにぎる
長い間　はつゆめのなかに住んでいる人だ

今年も痺れるほどつよくにぎられた
誰か知らないその人の手の甲には
うっすらと老人斑が浮いている

星と欅並木

夜明け三分前の闇の仄青さ
そのすこし前はゆめの波打ちぎわで
二頭のかがやくキリンに出会っていた
かれらは高い首を交叉させてゆるやかな
無音を飽きずにささやき合っていた

月の光の量にかしいでいる窓がゆがんでいる
なにものかが音もなく
とうもろこしの貯蔵庫を倒していく
すこしずつ　倒れていく
夜明けの地球はねじあやめのようだ
その一瞬をわたしは欅並木になっている

ひとつぶの星になっている
雑木林から尾長鳥が群れたった
ヘリコプターがどこかへ飛行していく
あ　ンデゲだ
スワヒリ人は大空を飛ぶものすべてをそう呼ぶ

しいっ　だまって！
月は消える　女のうすい眉いろに
などというな
巨の舳先《へさき》がかがやく額を突き出した
などというな

志木街道

石榴《ざくろ》の割れ口には
かならず紅い椅子が見える
そこへ坐ろうか
椅子を壊そうかと案じながら
停まりもせずに青いゴルフを運転して
なんどか街道を往来した

運転免許証を書き換えたころ
猛然とけやきから落ちてゆくのは
とても枯葉だとは思えない心
ある日
石榴は枯れた蟷螂の色である
もう初冬！　です
紅い椅子はまだ紅いまま
ゆっくりと甘くなっていくらしい

悼歌

小樹林で鳥たちは歓びうたう
ツグミ　カッコウ　シジュウカラ
愛する人を亡くした日から

身も世もなく
あなたもうたう
砕ける波のようなもの
へきれきの破片のようなもの
穴があれば通そうとする
そのコトバの千々を

置き去りの我かとおもふ耳おもき
　紫の菖蒲見倦きてけり
中川たまき

花のいろに吸い取られた
空無のようなものを
空無でしかないものをわがままに通していく
どこへ？
歌の身体のトンネルへ
傷だらけになりながら通していく
あなたは思う　鳥になりたいと
つくづく小樹林へかくれたい

おおおおと——俳人平井照敏氏逝く

アメリカの女学者が雲の重量をはかっていた
あの雲は象百頭の重さですよ
薄い秋のレースのような雲の水を嚙んでみる
そうです　地球の水はすべて雨なのです
雨でなかった水が存在しますか
〈さまざまな水のかたちに秋の空〉
俳人は雲をじかに水と呼んでいた
水を含有したすべての生物が雲
あなたも　あなたも　雲ですよといっていた

*

ぼうぼうとして見えにくい
人よ　雲に似た推移よ

秋につまずいて板のように倒れた俳人は
おおおおと大秋の神を呼びたてた

神は倒れた人をなぜか
オリーヴィエ・バシュランと呼んだ
——でもこれはわたしの作り話です

〈満月のオリーヴィエ・バシュラン応えなく〉

過ぎ行くは帰りくること
俳人は私たちの句会の椅子に座るしかなく

＊〈 〉内俳句——平井照敏

氷封期

凍った河は青ざめていた
市街は氷塊にうなされていた
父はその極寒の外地に住んで俳句をつくった

どこまでゆけば船に出会えるか
氷の下でそう思っている水夫たち
かれらの口髭には氷柱がさがっていた

氷上を走る馬橇は冬の長さにモーゼルと
固まったプーアル茶を隠していた
街の人たちは幻の羽根を背につけたまま

孤独も凍る月日をだまって耐えしのぶ
父は港が開くまでの時期を
氷封期と名づけたが

そんな季語は内地のだれも知らない
昼も暗い街区の灯は点されたまま
黄水仙のように涙ぐんでいた

大陸で芽生えた不思議な民族たちが

騎馬で槍をかざして走り去ると
言葉は凍ったタイルの形をして落ちている
寒さに舌をまきこんで捨てられている
「永遠」という絶対タイル

吟行詩集

磐越の冬

故郷の人は口をあけザブリと水を
顔面へ叩きつけ
ため息を吐きながら顔を洗った
ぶるるるるるる
　ぶるるるる　かっかっー
そのふしぎな口舌音で洗面鏡に水が吹き飛ぶ
ことごとに音を出すのは雪国のならいかもしれない
都ではだれもそんな洗面はしない
あーは　あーは　あーは
ためいきを払うようにタオルで顔を撫でまわす
いやーいやーまンず　まンず
　と鏡を見つめるが
そこに干し柿のようなものが映っていて
毎朝おどろいてしまう
白一色の世界の奇妙な明るさ

はぁーまた雪だンべかな
咽喉の奥でひそかにつぶやく
わたしの祖父はこんなふうだったよ
お笑止だから冬の神様には聞かれたくないのだ
偏西風にはとても敏感
それはためいきと雪をのせて
　北極の膨張寒気を送りつけてくるからだ

ラジウム温泉

白い花粉となった雪がたえまなく
頭の上にふりそそぐ
女の冬にも花と嵐がある
　温泉はぬるくて
身じろぎすると慣れない温度におそわれる

長湯治の女の首がいくつもならび
休んでいる渡り鳥のように半眼になって
無音の雪に耳を澄ましている
　来し方ゆくすえは思うまい
油のような時のながれをやりすごすには
無念無想になるのも湯治

それでも
新入りが戸を潜ってくると
半眼の片隅で見すえる
　おまえさんはどんな旅をしてきた鳥なのか

北越メモ

小出町では
白一色に眼がくらむ
雪の壁にそって越後の酒を買いに行った
寒さの蔵の一台の石油ストーブ
かたわらで熱い甘酒を飲み
勇気を出して
外で
吹きつけてくる雪に頭から逆らう
北魚沼郡は高山連なって東南の陰地
山ふところに
袋のネズミとなった寒気を飼う
凍れる瀧の聞こえない音
天女の衣をまとった木々
雪女
駒ヶ岳の山頂に見える雪崩
陰地は清浄である
雪の重さで家々はやや矩形

人には暮しが
ずっしりと降り積むけれど
陰地は清浄
地上には人影もない
三台の除雪車が往来して雪を吹き上げる
観光バスの窓にその雪がへばりつく
しばし空無になる

本郷給水所公苑

ベンチにねむるホームレスの男の
垢でどろどろの肘枕にも
鳩の群れの規律のない糞と過食にも
苔むした江戸期の木樋にも
盛りを過ぎかけたものうい薔薇にも
睦みあう鯉のたてる泥の煙幕にも
ここに静寂が恩寵のようにあるのも
わたしにはまったく何の用もないのだった

一粒めの次の二粒めの
チョコレートがバッグのなかに見つからない
わたしに内面があるとすれば
それこそが内面であるのだろう

わたしに語りかけているのは
薔薇に蜂
薔薇に鳩
薔薇にカルメン像
薔薇に水すまし
空には沈黙の飛行船が白い手をのべて
言葉を吊ろうとしているが
ここには明るい空っぽがあるばかり

新宿御苑で

檻に入れられた豹が飛び出したように

桜が咲きました
その獰猛なかんじがすきです
そこで沸騰してしまうのは
わたしの瞑想のじかん
入場カードを買って
雑踏の花見人として渦巻くのです

平たい花びらが降りしきるので
たましいは浮かび上がる気配
花を深追いしていくうちに
花見人はいつのまにか
海底の魚のように幾つかの大群になる
いったいこの時空では
誰が死にだれが生きているのか
彼我はあいまい
というのも
樹木の時間が
おかっぱ頭の幼い自分や
亡くなった父や母を連れてくるからでしょう

高くかざす桜の
白やピンクの花は火薬庫
その獰猛なかんじがすきです
頭上で爆発をくりかえす
一日の花見に
疲れ果てて帰ると
耳は爆音の震えでふさがっています

新宿ゴールデン街

白昼のゴールデン街の名物はまねき通りの花たち。無人の辻々に絢爛とあるいは潮垂れていろいろな姿態で すみれ 藤の花房 向日葵 ヒイラギ。それが全部にせものというのは白昼の魔術ではないか。夜になれば花は命をとりもどすのだ。

本ものの紫陽花の顔色は真っ青だった

虫歯の記念日は明後日です
きっと虫歯があるのね
走り梅雨
　鳩つるむ

ペンキ屋のリヤカーが一台
バー・ドンキーの窓枠をライトグリーンに塗るのだって
そこへピカチューを貼りつけるのだって
舐めてもらうなら夜にいらっしゃい
　と酒臭い蚊がわんわん飛ぶ

手帖には詩ではなく猫が一匹デッサンされた。葡萄酒の箱に深く眠っていた猫、夜になればきっと生れかわる猫。梢さんのメモを覗くと「まねき通りの夏あざみ」とある。なんだか酔ってきた。そんな猫いたかしら。飯島耕一著『ヨコハマ　ヨコスカ　幕末　パリ』が一冊かざってあるバーのウインドウ。夜になれば詩人もよみがえる。

御茶ノ水のカテドラル

「あまーい　あったかーい　十三里」
霧のような湯気がたちあがっている
売り声にどうしても山岳の気配がまじる
空の吐息
発酵している倒れた樹のにおい
樹は雲のいくつかを見あげている
高すぎる空が不安である
泡のような雲が薄緑色のドームを浮かべている

あまりさんはリュックを背負って右跑左迷《みぎへひだりへ》
コトバの石がふってくるのを書き受けながら
老天使に眼を凝らしている
賛美歌が古ぼけた聖者たちをふるわせている
洞窟の闇には
司祭の金襴の服しか浮いていない
ここで弔った老詩人は電話が大好きだった
　そのひとを思い出そう

回線にはたしか鸚鵡の声が混じっていた
古い洞窟は今もわずかに発光している
イコンの前にともされた吊聖燭ばかりでなく
さっきひろった珊瑚樹の実も赤みをともしている

今朝　冬衞の詩のなかに見つけた
「人生の晩頭」というコトバがたちこめるので
わたしは鵜のように不安になる
遠すぎて小さすぎる
ちちとはは
教会の庭の秋涼の風が「記憶のパン」
「記憶のパン」とささやいて吹き過ぎる

明治神宮御苑菖蒲田

青み泥の池の浮き巣では
孵ろうとしている鳰《にほ》の卵が
ニホとはなにか？　わたしは知らない

遊び足りない子のような
かじかんだ紫色の石菖の花　あるいは石あやめ
それは何？
ことばはこころといえば
ニホはこころにもなったが呼ばなければふたしかな幻
しかし呼んでも浮き巣は
藻草でかくれていて
うつつには見ることもない

夏蚕が軒々にねむり
透きとおっていった時間からはるかに
遠のくこころはどこにいるのか
じぶんさえも捕らえられない
かきつばたの花びらを走る
雷光のもようの暗示を
わたしのことばは捕らえられない

澄みとおる清正の井戸には
飲用禁止の札が出ていた

この水に喉をうるおすことはかなわぬ世
ひんやりと蔭をつくる大樹にも
虎のつかれはかくせない
わたしの俳句の少年は
耳たぶを夕陽に透きとおらせて
笑っているが　かれもどこにもいない
さびしくもまた夕顔の時間

月島

初めも終わりもない世界で
向日葵の種子がいちめんの貌をさらして
こぼれる涙のようになにかの力で
空き地に実を散らしている

幻影の女が崩れかけた古家を曲がっていくと
「あんまり小さなおばあさんなので
笑いをこらえるのに必死だったの」

半ズボンの少女がともだちの少女に話している
「それで赤道を越えるときは三日間お休みだ
甲板の日陰に莫蓙をしいて寝て
船乗りは暑さをやり過ごす」

むかし捕鯨船に乗っていた男は
初めも終わりもない
筒のような細い路地で昼酒に酔って話している

佃から来た漁師の炊く鯊《はぜ》のにおいが川べりの永遠を流れ
ていく
住吉さんに付いてきた幻影の女は
金色の襟巻きを外しもしないで
もんじゃ屋に上がっている

上野不忍池

蓮の実の飛んで頭がかゆくなる　——大木あまり

かんがえてきた跡形をみせんように
さっと背骨のようなもんを抜き取るんや
と　女友だちは秘密をうちあける
なんの背骨なのか　なんのようなものなのか
それがすばやく捉まえるゴクイ
極意じゃという
呉の国の杭なのか

わたしたちがめぐっているのは
敗れ蓮の波うつ広びろとした池
ゴクイをもとめているのだ
ゴクイはごく短いという
蓮の花はとうにしおれてしまった
残された葉は原始的に獰猛に奔放に
未来への茎をぐいぐいとさし伸ばしている

荷珠《かじゅ》ころがる敗荷《はいか》の海と芭蕉翁なら書きとめる
そうかんがえているわたしの頭脳を
秋雨がしとど濡らしているのは
ちょうど彼岸のお中日
親しい死びとを猫のようにわすれて
呉の国の杭のようでそうではなく
敗荷の底で浮き草どもは
はしたなく絡まりあいしゃべりあい
抜くべき背骨のようなもの　なんのようなものなのか

雨を連れた荷風《かふう》が忍ばずの池をわたり
弁天堂に吹き入ると
すっかり額から濡れそぼってしまった今を
慈雨をつれた極楽の気配だと思うように決められている
しかし琵琶を弾いてうたう女神はどこへ行ったのか
お堂の裏には巨大な石の鳥塚が立っている
さっと背骨を抜きとって
それから供養してどうなったのか
呉の国の杭たちよ　（『胡桃を割る人』二〇〇八年書肆山田刊）

詩集〈氷菓とカンタータ〉から

氷菓とカンタータ——中国・四川大地震

空色のアイスキャンデーには
何のシロップが使われているのか
幼い頃からの大切な謎である

スーパーで買った似て非なる氷菓を食べていると
村落のはずれで
キャンデー売りの
自転車の「氷」の旗が鐘を振る
あの記憶の音は
遠いカンタータに似ている
（オルガン　チェンバロ　ファゴット）
そこにさびしいキャンデー売りの鐘を混ぜて
地震で崩れた校舎の
石材の隙間にいる少年を
わたしは世界で一番さびしい子と認定しよう
君はクラッシュという英語を覚えたばかり
教師に発音をほめられたばかり
空色のアイスキャンデーが脳髄に降る
大地が揺れる　そのとき
君は覚えたてのコトバを叫びましたか

「雨や雪が天から降るのと同じように」と
カンタータは歌うはずだけれども
音楽はそこで聞こえなくなってしまう

天

先人の詩がわたしの心を占めていた
その詩人のふるさとまで行って話すコトバがない

日本は梅雨入り
人々はそれしかないというふうに

――鬱陶しい雨ですなぁ

詩人は白骨のようなコトバで言ったのだ
「人の眼から隠れて／ここに／静かに熟れてゆく果実が
　ある
おお　その果実の周囲は天に属している」＊

その天をわたしは仰いで見る　それは
いま低く垂れ込めている空ではないだろう
かきくれて暗い空ではないだろう

荒磯に面した詩人の碑を　滑らないように巡る
藪蚊の出入りの音がはげしく満ちている
――どこからが天であるか

乱心したように大輪の紫陽花が町の角々に咲いていた
――どこからが天であるか

＊高見順「天」より

大江のゆくえ――フランクのソナタ・イ長調から

衰耄する女詩人は福島原子力発電所がメルトダウンしたあと涙が零れてならなかった。こんな成り行きに遭うために生きてきた無念。そして「死にたいと思ひつ春の旅鞄」などと韻を踏むしかない自分。北京に着いてみれば前途の見えない排気ガスに噎せかえる。

「定宿が春闘してゐた燕都かな」フロントにはピケが張られていた。なじみのボーイが手を振る。棉花胡同の知らない宿へ紹介してもらう。毎朝の餐庁で大型テレビに映し出される日本の地震、津波、壊れた発電所、防護服の決死の作業員たち。世界はもうここから引き返せないのだ。粥を啜りながらまたぼやいた。「諸葛菜デラシネの髪も白銀に」尾羽打ち枯らした女詩人はいずれ再び引揚者になる。

1　第一楽章のモチーフ

古い市街地の古い教会のドームの
ソフトクリームの内部のような
白い上昇するねじれた内壁に

立ち現れたのは
衰耄する女詩人の故郷である
　大陸の濁った大江のうねりだった
滔々と流れてやまない
（そしてはるかなはるかな鉄橋が）

黒眼鏡の小柄な若いヴァイオリニストの弦から
噴出してソフトクリームの光線にただよう
（どこかへ行く長い列車　あれは父が乗っている長い列
　車）
そのむこう
滔々と逝くヴァイオリンのあふれる濁水の岸に
一人の少年が立って「おーい！」と叫んでいる
それは国破れた山河で髪を刈られた
　女の子の少年姿である

演奏家のまうしろの椅子に坐った衰耄する女詩人は
あの少年の声に聞き覚えがある　たしかに自分の声だっ
た

自分が育った異郷の大江の岸辺で
「おーい」と叫ぶ澄んだ少年の声
あの声は胸の奥底から出ている自分の声だ
協奏のピアノがはじける隙間のどこにも声は住み始めて
　いる

濁った大江の岸に何が見えるのか
少年は向こう岸を見つめて飽きない
波のリズム　変調
渦　渦巻き
眩暈を誘う楽想
江水の流れ行く先の　まだ未知の大地へ
やすみなく水は流れて飽きない

やすみなく水は流れて飽きない
少年はまた「おーい！」と叫ぶ
大江を行く男たちを呼んでいる
瘤のように逞しい胸と脛に
力があふれて舟を漕ぐあの満洲族の男を

帆船の舳先にゆれている細身の刀のような蒙古の男を
帆船は出て行き
外輪船の汽笛が空高くひびく
水の錆びつくような匂い
船々の水影が奇妙な伸縮をくりかえし水面にゆれ返す

砂地に流れ着いたアンペラの切れ端を尻に敷いて
キセルの煙管《ラオ》の竹を掃除している老爺が
少年を手招きしている
灰色の疎らな顎鬚《あごひげ》がふるえている
顔中のしわがやさしく笑っているのだ　話そうとして
〃おまえは父親を呼んでいるのであろう〃
異国の言葉はそう聞こえた
〃どこまで行くのって大江に叫ぶの〃
少年は異国の言葉で答えた
〃大江はどこへも行かないよ〃
〃じゃ　どこから水は来るの〃
〃どこからも来ないさ〃
〃じぃっと見てみるがいい　毎日　毎日　同じだよ
　どこへも行かず　どこからも来ないのだ
　ここに在るのさ〃
濁ったゆったりした江水が目路のかぎりに広がっている
「おーい！」
「おーい！」

視覚障害のあるヴァイオリニストは
若いあごを強く傾げて弦から水の轟音をうねらせる
衰耄する女詩人は少年の夢から覚めてヴァイオリンにな
　った
洪水が内臓のあちこちから溢れ出してくる
音のシャワーが白髪からしたたる
今日は水死人が新しく生まれる日だ
そうではないか

岸壁の石段に坐る子供たちが散らかしたキャンデーの紙
薄いピンク色の紙が波に寄せてはかえし
ゆらゆら　ゆらゆら　寄せてはかえす
まるで杏の花のように

そうだ　今日は蝶も生まれる日だ
水死人も生まれる日だ
前世の約束を思い出して白髪になる日だ
こんこんと何かが流れてくる

2　水死人

こんこんと何かが流れてくる
蒼い鉛色の何か浮きのようなもの
紫色の土色のふくれたもの
少年は流れてくるものを指さして告げている
キセルの煙草に火をつけた老爺は
〝そういうこともあるだろう〟と煙を吐いている
薄い煙は江波にそって流れ虚空に散らばり消えた
〝あれは男の水死人　親の愛から遠のいた行倒れ〟
〝あの水死人はどこへ行くの〟
〝どこへも行かない〟
老人は相変わらずだ
かれに返事を求めても何もないことはとうに知っている

突然　少年は「おーい！」と叫ぶ
江波に呼びかける　波音に声をひびかせる
水死人の姿ははるかに遠い
見えなくなった

定期便の外輪船が大きな汽笛で叫んでいる
江波が岸へ激しく寄せてくる
やがて薄い布団や蓆を背負った苦力の男たちが
埃まみれの布靴をふみしめて
あるいは裸足で　船から桟橋を下りてくる
水死人たちが下りてくると少年は思った
老爺は紙袋に入った刻み煙草の葉を売りつけようと立ち
　上がる
上陸した出稼ぎ人たちに売りつける
波音に負けない大声の値段交渉が少年の頭上を飛び交う
出稼ぎの男たちはみんな痩せていたが
対岸で出会った水死人は肥っていた
いつものようにボートを柳の木にしばりつける

柳の葉は小止みなく降りつもる
水死人のいる淀みは木の葉に被われて
少年はてっきりその葉が悪臭を放つと思っていた
棒切れで突っ突くと
水死人が現れたのである
江の淀みにぷかぷか浮いている水死人の耳からは
白い花のように蛆虫がこぼれ出ている
ゆえしれず少年は対岸へ「おーい！」と叫ぶ
ほんとうだ　水死人はどこへも行かない

大きな江波の片側に
アンペラの切れ端に尻をついて老爺は
キセルの煙管をすげ替えているだろう
〝また川流れが通っていった〟と老爺は言うだろう

3　**凍る**

大江はある日いっせいに凍りつく。いっせいに——。少年はどうしてもそんな気がしてならない。ホテルの窓に外輪船の汽笛が聞こえてこなくなる。びっくりして江岸へ行ってみると、もう大江はしっかりと青や白灰色や黒に凍結していた。

岸には四角や三角や不定形の氷塊が積み重なって凸凹している。一度その険しい凸凹を越えて少し平らな場所へ出てみるが、そこはスケートで滑るほどの面積も距離もない。涙も希望も凍結して動かない。大江は音を消した。

絶えず流れていた河の力の凍結への抵抗がそのまま凝固している。やがて抵抗の凝固をツルハシやシャベルで手馴づける黒い綿入れの苦力の一群が現れる。カーキ色制服の兵隊たちに引き連れられて現れる。カーキ色の一団は氷上に焚火して暖をとる。苦力はツルハシや梃子で氷上に道路を整備してゆく。梃子で氷塊を岸近く片寄せている。ツルハシを振り上げた格好のまま凍りつく。

少年は級友のタナカと凍江を徒歩でわたって行く。二人とも棒切れを支えに氷の上をわたって行く。少年たちの目的は水死人に会うことだった。死体はまだ降り積もった葉の下にいるだろうか。タナカの母親はベッドに突っ立ったまま下着を替えていた。ホテルは嫌いよ、ベッドで穿くしかない、床が土だらけなんだもの。彼女は将校の情人だと少年は知っている。早く行こうぜ！ とタナカが言った。

江岸のしだれ柳は大きな眼で少年たちを見ながら、両手をいっぱいにひろげて凍結していた。凍る。すべてが凍る。マローズの到来だ。死者に痛みはないとシベリアの作家は言った。雪と北風が囲んでいる大過去を、呼び返そうとする声も冬の神の飾りに凍結してゆく。街路樹の杏の木はどんな色をして匂わないで凍ったか。少年のまつ毛にも吐く息の氷柱がたまり始めている。

ここだ、ここだ、少年が柳の根もとを棒切れで叩く。天地はしんとして動かない。音もない。水死人は凍死人となり氷に埋葬されたのだろう。いや、そうではない。そうではない。タナカが凍った葉っぱ混じりの雪のウェハースを突き崩すとその下から頭蓋骨が現れた。こいつだよ！ 少年は旧友に会ったように叫んだ。やっぱり、やっぱりいただろうが。タナカは眼窩に棒を差し込む。水死人は固く凍りついている。

*

演奏家のまうしろの椅子に坐った衰耄する女詩人は
静かな楽曲に吸い込まれている
凍れる静かな大江の底では水はやはり動いている
大きな鯰も長い雷魚も鯉も鮒も鰻も
陽の射さない江底で緩慢に漂う
遠くはるかにある希望に
身を任せてなかば眠っているのだが
かれらを突然おどろかせて
渇仰している太陽の光が入り込むことがある
頭上にぽっかりと二メートル四方の氷の穴が開くのだ
汚れた防寒帽の耳隠しをひらひらさせた苦力たちが
大挙してやってきてツルハシと梃子を操り

やがて巨大な氷塊が切り出されるとき
巨大な氷塊がまるで大江の膨張する力に押し出されるように
ぽっかりと浮かび上がる
濁り江の氷はエメラルドグリーンだった

魚たちの驚愕はすぐにも収まるだろう
復旧する江面の氷はたちまち厚い
苦力たちが氷塊を曳いて去るころには
水中はすっかり真っ暗闇だろう
魚たちは陽光が消えた暗い水に沈んでいく

どこかに瀧が隠れているようなヴァイオリンの振動が
ホールの天井へのぼっていく
少年だった女詩人はもう声が出なかった
凍れる江岸で「おーい!」と叫べなかった
叫びは少年の身のうちに凍りついていたのだろう
すべてが凍りついて深い瞑想に陥るそのとき
正しいのは凍死人だけだ

少年たちは氷の上を用心深く歩いて帰る
膝やひじの関節が凍り始めている

装飾をやめたピアノが氷をなだめている
静かなヴァイオリンは水中に沈む
女詩人はしきりに胸の戸を引っ掻くものが気になる
戸の内も外も引っ掻いている
吠えつくものが戸をこわせと叫んでいる
痩せ細った冬の狼だろう
閉ざした屋内のペーチカに薪は燃えさかり
やがて一握の灰になり　少午の髪も灰色になり

4　復活

街はイルミネーションで飾られていた
ただのイルミネーションではなく
「北方氷雪文化祭」の氷の造形だ
真っ赤な電飾の大きな金魚
緑色にのたうっている二頭の龍

覇王別姫のきらきらした舞台
すべて冬の神の作品である
しかし女詩人は街の西に
河が厳かに凍っているのを知っている
しかし人々は忘れたい　凌駕したい
でも忘れられない
血管を破裂させるあの冬の神の厳かさを

ラオ挿《す》げの老爺は土壁の小さな家で
狼の声を聞きながら冬籠っているだろう
春が来るまで街中のキセルの竹は詰まっている

それはあるいつの日か突然
はじまる　少年は知っている　それはあの日だと

「大地が膏をもって潤うのを見よ
氷柱が宙の気韻を知るのを見よ」
「氷の破れる轟音は大木が倒れるのに似る
私たちは氷塊が江を春で塞ぐのをまた見るだろう」

北辺に放たれた明末の流人たちはそう歌っている
極寒を生き延びた喜びに
大江の轟音に巻き込まれたくて少年は江岸へ走る
あの　春の湯気！
それはたんに氷の砕ける煙だが冷たくない！
「おーい！」

衰耄する女詩人は少年だったとき
何にむかって叫んでいたのかもう思い出せなかった
大江だったような　父だったような　冬の神だったよう
な
あるとき衰耄する女詩人は
従者を連れた都からの流人だった
見わたすかぎりの平野に銀鎧々の色
光は眼を晦まし
身は氷の壺に吊るされた思い
いそげと従者に命じるが
老実な従者さえもう歩けない

氷の虫が身中に住み着いたと嘆く人たち
腫れて割れ紫色に凍り始めている手脚
流人は鳥肌立つ思いだ
自分の運命はこの氷の壺に吊られたもの
それを甘受するしかないのか
震撼される

女詩人は市街に飾られた氷の芸術をめぐりながら
そこに　色とりどりに
飾られた北方の人の恐怖を眺める
流人たちの絶望を指して氷雪文化の粋であると誇る
故郷の人々よ
極寒を生き延びてきた一人として
衰耄する女詩人は
それを哀しい詐術だとも言えない

沢山の水死体や凍死体
春に大江が生き返ると同じように生き返るかれら
みんなもともとそのような死体である
分解して大江になるばかりなのだから
「おーい」
少年はまだ江岸で叫んでいる
大江を見れば叫ばずにはいられない

キセルの煙管の竹を掃除しているラオ屋の老爺が
女詩人を手招きしている
ベンチに置いた手提げには煙草の葉の紙袋
灰色の疎らな顎鬚がふるえている
顔中のしわが笑っているのだ
好久不見了《ハオジュウブジェンラ》——と懐かしい声で言う
(しばらく見なかったねぇ)
また大江の哲学を聞かせようとして
年老いた人は衰耄する女詩人へゆっくりと向き直る

哈爾浜《ハルビン》

ここは
ゴーゴリ街のかど
ゴーゴリはいなかったというくらいの
中央大街のじかんのそとだ
するどい骨格をした
道路人夫がタバコを吸っている　そこが
あそこだということではなく
甃の路はまっすぐに松花江《スンガリー》をめざしている

江岸の露店で買った　八角の匂い
豚肉のかたまりに　その匂いをしみこませる愉しみが
帝政ロシア時代の建物のうえに　雲になって浮いている
――麺麭つくる人の影なけれどもペカルナヤ
詩人逸見猶吉の旧い濃い慕情
そんな街角は　ここにも
あそこにもと不安きわまりない

雲はまた　漢方の店のうえにも浮いている
茶色の朝鮮人参の乾燥色はノロの血が沁みたのだろう
――死の黄なるむざんの光なみ打ちて
鬱勃とした詩人の言の端は
琥珀色の空気にも浮かんでいる
あの店ではまだロシアパンが作られている
仕上がりを待って長い列ができている
麺麭街《ペカルナヤ》さてと立ち去る晩夏かな　　鳥子

（『氷菓とカンタータ』二〇一五年書肆山田刊）

散文

金色の夕光

　小さいころ、満洲（中国の東北）佳木斯《チャムス》市の中国式ホテルに住んでいた。田舎町のいちばん大きなホテルという位を与えたらいいだろうか。この建物の正面は花や草の彫刻にいちめん飾られてまるでデコレーションケーキのようである。父がそこの支配人の一人だった。客室はシングルが多かったようだ。ベッドが一台にテーブルと椅子、お茶の道具と魔法瓶、それから三脚の上にのった水の入った瀬戸引きの洗面器くらいが設備である。三階建てで部屋数は百ほど、二階と一階の一部は餐庁になっていて、こちらの方の客は日本人も多かった。

　しかし従業員は満洲人、蒙古人、漢人などで日本人は一人もいない。そういう環境で暮している子供のわたしは、自分が何国人なのかあまり分かっていなかったようだ。ただ彼らとは言葉が違うようだとは思っていて、そこでは家で使う言葉とは別な言葉をあやつる。ホテルの内部の人たちは外にいる行商人や苦力や乞食とは一線を画しており身分がいいらしい。わたしは内部の人間らしいが、廊下の片隅で寝起きしているボーイたちとも違う。しかし支配人ほどは偉くない。それで私は掌櫃《ジャングイ》とよばれている帳場で七つ玉の算盤をはじいている番頭たちの手下らしいと思っていた。

　彼ら従業員たちは午後は習慣になっている長い長い昼寝のあとやっと働きはじめる。フロントの左には餐庁に通じる小さな部屋があって、わたしはそこが大好きだった。なんといってもそこでは面白いことをやっている。番頭やボーイたちが海燕の巣のゴミをピンセットで取ったり、紅く染めた紙で軒につるす招牌の花やビラビラを作ったり、筆をまっすぐに立てて、赤い紙に対聯のおめでたい文字を書いたりしている。

　私は学校から帰るとすぐランドセルを置いて、忙しい母に何かを言いつけられないうちに小部屋へ逃げて行ってしまう。紙を切ったり、墨をすったり、トランプをしたりしているうちに、部屋全体が遅い午後の光にみたされてくる。誰かが抱きかかえて窓のそばの椅子にのせてくれる。わたしが注文した炒醬麵が餐庁の方から現れたのだ。こういうことをしてはいけないと母にきつくいわれているのに一向に言うことを聞かない子どもだった。

黒い木綿の長袍（長い中国服）を着た帳場の人たちは流行歌の一節を唸ったり、糸で綴じた帳面を重ねたり、ただぶらぶらと歩き回ったり、忙しい夕方になるまでは呆れるほど長閑である。私は麵を食べおわると、心身満たされた幸福でぼんやりとしてしまう。窓の外の泥と馬糞だらけの道も部屋のうちも金色の光にみたされている。どこからか聞こえてくる京劇の歌の悲鳴のような節回し、鼻の奥のほうで唸られているらしい二胡の伴奏つまり中国式ロ三味線、退廃的な投げやりみたいなあのメロディを、今もわたしは何となく気分のいいときに再現することができる。

この夕べの金色の光はたぶん幸福というもので、子供の無知のマグマのようなもの、無垢の与える喜びというものだろうと思う。たくさんの時間、わたしは本を読んだりものを書いたりしてきたが、結局はその光を求めているに過ぎない。

初恋

中国の有名な作家魯迅の弟の周作人は、彼自身も大散文家といわれる人だが一九一〇年前後兄とともに日本へ留学して、夏目漱石の『夢十夜』『永日小品』などを読み、大きな影響を受けた。魯迅はそこから「懸物」と「クレイグ先生」を中国語に訳している。周作人は一九二〇年代に『夏夜夢』を書いているが、そこには『夢十夜』の面影がみとめられると私は思う。

これは六篇の小品からなっている。私はそのうちの五篇に下敷きにした漱石が見えるようで、あまり好きではない。

たとえば、「詩人」と題された小品では「私は自分を詩人だと思って、（もちろん夢の中のことである）街を歩きながら詩のきっかけを探している。」と冒頭にあり、夢の暴力性をまず少しなだめるような姿勢である。

「護国寺街から東の方へ行くと、向こうから棺が運ばれて来るのを見た。」この棺は空で人力車の上にあり、一人が引いてゆっくりと歩いている。車の右側に女が一人、一才に満たない子供を抱いてついてくる。彼女は喪服を着ているが、その白い服も頭上の白い布もひどく汚れて古く、もう一カ月あまりも着続けているようである。この女は歩きながら車夫とお喋りをしていて悲しんでいる様子も見えない。

ついで現れるイメージは死んだ馬である。夜中に雨が降ったあとで、どろんこ道は燦爛とした泥池になっている。東側の路傍に三、四人が立ってぼんやりとしている。彼が近寄って見ると、死んだ馬が一匹そこに倒れているのだった。これはたぶん普通の馬なのだろうが、ひどく痩せて見える。泥道のまんなかから引っ張って来たときに転がって、馬の顔と腹そして前後の脚は一面に黒い泥が粘りついていた。その胸や腹はもう動かないが、喉のあたりにはまだシィシィという音がしている。しかしそれはすでに生き物の声ではなく、風が破れ障子を吹き抜けるような一種の無機質な音にすぎない。「私」はたちまちロシアの作家の書いた馬の一生の物語を思い出す。

ペンを取り出してノートに書き記したが、またすべては見えなくなってしまう。彼自身はイメージに巻き込まれるのではなく、記録するに過ぎない。こうやって二つとも見失い「詩が書けなくてひどく懊悩している。」のだ。やがて彼は夢から覚めてほっとする。

夏目漱石の「こんな夢を見た。」で始まる気味のわるい寂しい風景に似ているが、根本的なところで似て非なるものだ。漱石の夢のどれでもいいが、たとえば第三夜なら「こんな夢を見た。／六つになる子供を負つてゐる。慥《たし》かに自分の子である。只不思議な事には何時の間にか眼が潰れて青坊主になつてゐる。自分が御前の眼は何時潰れたのかいと聞くと、なに昔からさと答へた。聲は子供の聲に相違ないが、言葉つきは丸で大人である。しかも対等だ。」と、話者は百年前に一人の盲人を殺したかもしれないという原罪意識にみちびかれていく。夢の過激さをいささかもなだめたりしない。

また第一夜では死んだ女のいう通りに百年も女の生き返りを待っているが、こういう「堪へがたい程切ないもの」（第二夜）を残念ながら根っからのリアリスト周作人は架空や夢に仮託して書きあらわすことができなかったようである。しかし、彼はその六番目の小品『初恋』にいたって、夢の理不尽さを現実の理不尽さに置き換えて成功している。

　千字に足りない小品である。以下に訳してみた。

「そのころ私は十四才、彼女は十三才くらいだったろう。私は祖父の妾の宋おばさんと、杭州の花牌楼に寄寓していた。隣に姚という姓の一家が住んでいたが、彼女はその家の娘である。もともとの彼女の姓は楊で、清波門あたりに家があり、三番めの娘だったのだろう人々は三姑娘と呼んでいた。姚家の老夫婦には子供がなかったので彼女を娘にして、一カ月のうち二十日余りは姚家にきていっしょに暮らしていた。宋おばさんと近所の羊肉店石家の奥さんとはとても気が合うが、姚家の老奥さんとは仲が悪く口をきかない。しかし三姑娘はそんなことは一向に気にせず、いつも戸を開けてやってきて遊んでいた。彼女はまず二階の宋おばさんへ挨拶に行くとすぐに下りてきて、私と雇人の阮升が使っている板張りの机のそばへ、三花という大きな猫を抱いて立ち、私が陸潤庠の木刻の字帖を開き薄紙をのせて上から字の輪郭をなぞって習字の練習をするのを見ている。

　私は彼女と一言も話したことがなく、その顔や姿を子細に見たこともない。私はその頃からもうひどい近視だったのだろう。しかし、ほかにも事情があった。意識していないつもりでも彼女に対してとても親しみを感じていた。一方、彼女の輝きに包まれてしまったようで、目を上げて詳しく見ることができなかったのだ。いま思い出して見ると、削がれたような顔と、黒い眼、痩せて小さい体、そして尖った小さな足（纏足）の少女で、どこといって目立つところもないが、しかし私が性を意識した最初の一人、私に自分以外の他人に愛情を感じさせ、明瞭な性の概念を持たなかった私の異性への恋を目覚めさせた最初の一人であった。

　その頃の私は当然『醜いアヒルの子』、それは自分でもよく知っていたが、そのことが私の慕情を減少させる理由にはならなかった。毎回、彼女は猫を抱いてやってきて私の習字を見る。私はなんとなく頑張ってしまって、日頃やらないような努力で字の稽古をやり、一種あてもない希求にしびれるような喜悦を感じるのだった。彼女が私を愛しているかどうかを訊かず、私も彼女を愛しているのかどうか分からず、ただ彼女の存在に親しみと喜悦を感じ、そして彼女のために何でもやりたいと願った。これが当時のそのままの心で、彼女が私にくれた賜物である。彼女はそんなことを知るわけもなく、私の感情もただ淡い慕情でしかなく、男女関係のことなどには全然思いもおよばなかった。ある夜、宋おばさんはふとまた姚家への憎悪をしゃべりだし、最後にこういった。

『あの小娘、どうしようもない子だ、行く末は落魄れて拱辰橋で淫売になる身の上さ。』

私には淫売になるとはどういう事情なのかよく分からなかったが、それを聞いたときは心のなかで思った。

『もし彼女が本当に落魄れてそうなったら、私が必ず救い出してみせる。』

ここにいた時間の大部分はこんなことに費してしまった。七、八月頃、母が病気ということで、私は杭州を離れ家へ帰った。一ヵ月後、阮升が宋おばさんの所から暇をもらって帰るのに、我が家へ立ち寄って、花牌楼のことを話した。

『楊家の三姑娘はコレラにかかって死にましたよ。』

私はその時ひどいショックを受けたが、彼女の悲惨な死相を想像すると同時に、あたかも心のうちにあった大きな石を放り出してしまったように、かえって安心したようである。」

最後のきわめて正直な三行に冷静な散文家の真骨頂があらわれている。周作人は平常心を根拠にものを書こうとしている。「彼女の輝き」に射すくめられる自分の苦しさと幸福を十分に認識して、その両方から解放されたときに、本来の自分を深く感じている。

魯迅は日本にいたころ、弟に鶴という渾名をつけて日本語で「ツル」と呼んでいた。端正な姿と性格が「ツル」だったのだろう。

＊陸潤庠は清末の人で江蘇省呉県出身、文学者。

昭和時代

昭和天皇崩御の一月七日、雨がちな朝、私は神田神保町の古書店街を歩いていた。我が社で出版した「満洲」関係の復刻本を書店に納めるために。

ほとんどの店はシャッターを半分下ろしていたけれど、そのかげで店員たちは忙し気に本をならべていた。商売をやる気は十分とみえた。新春の大売出しのために、街筋にはなやかに飾られたビニール製の花の枝を、トビ職の男がはずしていた。道端のあちこちに捨てられるピンク色の花の山ができている。

コーヒー店では、窓に黒枠の崩御を悼む貼紙を出し、マネージャーが興奮気味に電話をかけていた。

「昭和って印刷してある伝票ね、どうやって使いますか？　もう昭和じゃないしね。でねえ、文房具屋に年号の入ってないのを買いにやっているけど、西暦でいいですよね」

パチンコ屋もやはり黒枠の貼紙を外にだして、天井の電気を消し、音楽も消しているけれど、なかは客でいっぱい、元気に営業している。

昭和、昭和とドラマチックに、感傷的に、やかましく叫んでいるのはジャーナリズムだけだ。しかし、ひっそりと喪に服しているような神保町の表面だけを見て歩いていると、敗戦後の民主主義社会は四十三年間の幻で、私たちは相も変わらず君主制の治下にあるのだと思えてくる。

マスコミの過剰反応しやすいバランスを欠いた体質はぶきみだ。この日は天皇崩御の報道しかなかった。世界に何が起ころうが何ひとつ報道してもらえない恐ろしい統制下に私たちはいたわけだ。

昭和という時代は敗戦といっしょに終ったのではなかったろうか。家父長制の権威主義も負けたのではなかったろうか。

昭和の象徴だった満洲開拓に率先して励んだある偉い人は、天皇の終戦の詔を聞き、すぐに白装束をととのえ沐浴して、天皇の御自害を待ったそうだ。殉死しようとして。しかし、もちろんそういうことはなく、結局、彼は死んだもののように、その後何十年かを生きた。

笑えない悲劇（喜劇）はたくさんある。私が「満洲」で学んだ小学校の中村校長はとても立派な人だった。北満洲に避難命令が出たとき天皇の写真（御真影）を奉じてそのため自分の荷物は何一つ持たずに逃げた。持てるだけの荷物をかついだ難民の群れのなかで、恭しく写真の額を捧げ持った校長はちょっと滑稽だったけれど、彼にはそれを守護する任務があった。四百キロも逃げてハルビンまで来たとき、やっと誰かの命令で写真を灰にすることを許された。

私の一家は財産のすべてと父と妹の命を失い、惨憺たる避難民になった。こんな非人間的な時代が昭和時代で、敗戦によってこのばからしさから脱出したあともおなじ昭和時代というのは何だか割り切れない。昭和は敗戦の あともずっと死んだもののように生きていて、天皇の崩御によってしっかりと生き返った。その日はとても不安だった。統制の忌まわしさが堂々と復活した。それもテレビや新聞のせいで。

少年の日々

ある日、とつぜん男の子になってしまう。

それは小学生のころの私の美的な願望だった。じっさい男の子なんて、そんなに美しいものではないし、弟を見てもそう思う。しかし、願望というものはおおむね観念的なものである。現実とは別なところにある。

たとえば少年は、少女より行動半径がずっと大きい、発想が攻撃的だ、冒険の主人公になれる、すもうも野球もフットボールもできる、夏は褌一本で海へ行ける、立小便もできる……（というような権利を立小便を除いては、すっかり行使する男の子なんているわけもないが）観念的には少年の日々はこうありたいわけだし、あるわけでもある。

それなら一方の少女の日々はどうなのかといえば、字面から観念的に受けとる印象だけでも、もううんざりする、お人形あそび、おしゃれ、恋愛、ボーイフレンド……受動的、制限的である。制限を越えて行動するとジャンヌ・ダルクか高橋お伝になってしまう。けっしてドン・キホーテなんかは出現しない。この種の精神はボーボワール女史の『第二の性』にこれでもか、これでもかという具合に例があげられているから私はいわないけれど、親と社会に規制され、やがて自己規制する限定「少女」はおおむね行動においても美しくなれない。

その美しくない「少女」の私が、とつぜん少年になってしまったのは十一才のときだった。肩までであった黒髪、ほんとに市松人形のように黒くてまっすぐな髪だった――を剪ってクリクリ坊主に仕上げたのは父だったか母だったか、何だか二人がかりで散髪にかかっていたような記憶がある。父の方が「早く坊主にしろ」とけしかけていて、母がハサミとバリカンを使ったのだと思う。二人とも私の身の上のなりゆきに、ある種の悲壮感をいだいていただろう。これは対戦国の中国で敗戦を迎えなければならなかった敗北の民の知恵だった。しかし十一才の子どもで丸坊主にされたのは、私の知る範囲では、私の収容棟にはいなかった。大人はもちろん大勢が髪を剪って男装をこころみた。

私は急に丸坊主にされて、頭だけで宇宙に浮いているような変な気がした。部屋の中なのに風が頭の地肌にじかにあたって、ひどく寒い。じぶんには頭しかないような、頭意識ばっかりになっている。すると母は真綿を私の頭に巻いてスカーフをかぶせてくれた。もう男の子の学生服を着こんでいた私は、じぶんの奇妙なスタイルに屈辱を感じたが、風邪を引くのもばからしいので、その日は頭をあたたかく保護して寝た。弟たちにからかわれてもだまっていた。

父が私をいきなり少年に変身させた理由のいちばんに、女は性の侮辱を受けやすいという考えがあるだろう。それから、この子が男の子だったらよかったのに、という考えも秘かにどこかにある。父は機嫌の良いときは私をマークンと呼んでいた。目新しい少年の日々というものが私にはじまった。まず「おじょうちゃん、どこから来たの」「何才？」「名前は何？」とうるさかった少女好きのにこやかな人々はどこかに消えてしまった。

混乱のあとの町では、学生服姿のうす汚れた少年はほとんど他人の視野に入らない。どこを歩きまわり、どこへ寝ころんでも誰も気にしない。人々はじぶんの邪魔にならない限りは少年を透明人間として扱うのらしかった。

たとえば長春駅前の児玉公園のベンチに寝て、綿雲をながめているうちについつい眠ってしまうようなこと、これは「限定」少女にはほとんど不可能なこと――行為だけれども、汚い無一文の少年には当然のことで格別に目新しいことでもうれしいことでも何でもない。私には弟たちが日ごろ泥ンこになって帰ってくる理由がやっとわかったのだ。

私はもうすっかりその気になって彼らと空家に侵入してドアをはずし屑屋へ売ったり、駅の機関車の炭台へ石炭を盗みにいってソビエト兵の銃撃を受けたり、街を際限もなくうろつきまわったりして遊んだ。

夜になるとソビエト兵が収容棟のあちこちで女をもとめるダワイ！　と叫ぶ声や威嚇の銃声がきこえた。兵士たちがマンドリン銃をかざして押しこんでくると、少年や男たちはアグラをかいてとぼけた顔をしている。いや、今にも心臓が止まりそうなのだ。ほんとうに男に見えるかどうか？

部屋のすみに山川さんのお婆さんがフトンをかぶって寝ていることになっている。父の考えたオトリである。女はいるけれど病気だというわけで、男ばかりの不自然さをカバーするのだ。いちどソビエト兵がお婆さんの髪をつかんでフトンから引きずり出したことがある。痛さに眼を吊り上げて叫ぶ老婆の形相のおそろしさに、ソビエト兵はびっくりしてフトンの中にもういちど押しこんで退散した。山川さんのお婆さんはたちまち武勇伝のヒロインになった。しかし、その後は兵隊たちも気がついて「男」の乳房をさぐるようになった。

収容棟では自衛のためにソビエト兵が侵入してきたらブリキ缶や鍋を叩くことになっていた。その音を耳にした人々が、また金ものを叩き、また別な人々が叩き、幾棟もある収容街が金ものを叩く激しい音でいっぱいになるころには、ソビエト軍の憲兵がやってくるという寸法である。

あの汚い兵士たちはそうやって撃退されたが、それでも掠奪した腕時計を肘まで、二十個ほども巻いて、そのほかオルゴールやら毛布やらを避難民から盗っていった。私たちの収容された満鉄社宅棟の以前の住人は北朝鮮の方へ逃げたということだった。空室は地元の中国人が物色したあとで何もなく、本やノートや紙クズが散乱し、タタミが引っくり返っていた。本好きの「少年」の私と弟は残っていた本を奪いあって母に叱られた。『愛唱歌集』が弟のものになったのは口惜しかったが、私は『イアリング』と『小公子』と日記帳を占領した。

日記帳は物置のなかにスコップや水枕、便器などといっしょに入っていた。そのほかにも教科書やノートの類が残っていた。こんなものは中国人たちには興味がなかったのだ。

日記には平和な普通の生活が書かれてあった。悲しいこと、さびしいこと、不満やぐちが多かったけれど、難民生活を強制されていた私には、それさえも幸福なすばらしいことに思われた。

今でいう三DKのこの号室には、満鉄に勤める中年の父親と二人の娘が住んでいたらしい。母親は亡くなっている。父親は酒を飲まずにいられなかったのだろう、飲ん兵衛である。姉娘の文江は母親がわりに家事をしていて、妹の珠江は錦ヶ丘女学校へ通っている。日記はその女学生のものだった。私より三才年上の珠江の気持が私には自分のことのようによく分ってとても身につまされた。

姉には木村さんという満鉄社員の婚約者がいて、よく父親の酒の相手をしてくれる。草野球もしょっ中やる。妹は父親の酔った姿が大嫌いで、「また酔い泣きして姉を困らせている。家出したくなった。」とか「姉がお嫁に行ってしまったら、私はこの家を出よう。」と書いている。泣きながら書いたかもしれない。私は読みながら涙ぐんだ。

姉は木村さんに嫌われるような気がして、酔った父を責めて泣くこともある。父親が泥酔して、木村さんに背おわれて帰ってくるところなんかは、ほんとうに娘たちの身の縮むような切ない気持が伝わってきて私はため息をついたりした。

ある日、庭に作った煉瓦のコンロに火をつけようとしていると、「それ、わたしの本だわ。どうして破ったりするの」と後から女の尖った声がした。

私は母にいいつけられて高粱か何かを炊くために岡本珠江の教科書を破いてまるめ焚き付けにしようとしていたのだ。ふりむくと、黄色いワンピースを着た背の高い少女が立っている。髪は左から分けて垂らし、長さは肩までもあった。逆光にツンとした表情がとてもきれいにみえた。私は引きちぎれた教科書を彼女にさしだした。

この少女が珠江だとすぐにわかった。

「いろいろあるでしょう？　返していただくわ」とひどく切口上である。

私だって好きでこの社宅に収容されてるわけじゃないと反発心がわいたけれど、教科書を破るのは小学生の私としてはやはり悪いと思った。

珠江はちぎれた教科書をいちべつして風のように昔のといっても二カ月前までの自分の号室へ入っていった。呆然としていると、しばらくして私の母から渡されたのだろう、三冊の日記帳をもって戻ってきた。

「それもちょうだい」と私がどうしていいか分からずもっていた破れた教科書を引ったくった。

私は汚い「少年」の姿にひるんで何もいえなかった。珠江はとても堂々としていた。周囲の状況がどうであれ、正当な少女の珠江にはとてもかなわない気がした。子ども心に身をやつしている後ろめたさがひしひしとあった。「やつし」とは卑しい者に身をおとしていること、卑しい商売をしていること、と辞引にあるけれど、たしかに情けない私の身のなりゆきだった。

平和なときの日記の続きのように珠江がいかにも少女らしい姿で現われたのは今もふしぎだ。彼女はぶじに故郷へ帰れただろうか。収容所の私はそれからまた何回かバリカンで頭を刈られた。

（以上四篇、『散文小品　無垢の光』二〇〇〇年アートランド刊）

五月のそよ風

——立原道造展　於いわき市草野心平記念文学館

　東京の文京区弥生にある立原道造記念館にはなかなか行く機会がないのに、このたびはその記念館からのお誘いで福島県いわき市の草野心平記念文学館まで足を伸ばして「立原道造展」を見た。立原道造記念館からご案内を頂いたとき、そのなんとも言えないうつくしいポスターに胸がキュンとなってしまった。道造は襟がボヘミアン風に開いたスーツを着て珈琲カップをまえに鈴のような目をみはっている。後ろには棕櫚のような木がある。セピア色の写真に抹茶色で大きく「立原道造展」とあり、サブに白抜きで「自分はあなたが好きだつた」という草野心平の弔辞の中の言葉がある。このドキリとする率直さはだれも真似ができないだろう。

「自分は彼の詩に対してはそれを見たその最初からの読者だつた。恋愛が初対面で決定してしまふやうに、或る作者特にその作品に対する読者としての態度は、その最初に決定するのが自分の場合である。」と草野心平はいう。たしかに心平は一目で詩人を評価してしまう恐ろしい勘をもつ詩人である。日本で最初に宮沢賢治を評価したのも草野心平で、それも広東に留学していた若い時代に自分の雑誌の同人にさそっている。「歴程」の同人会などでお目にかかったときに「この詩はダメだな」などと草野心平に言われたらもうほんとうにダメなのである。いちばん恐ろしいのは「この人はダメだな」と言われるときである。

　話が脇にそれてしまったが、わたしは最初なぜ立原道造展が草野心平の文学館で開催されるのか理由がよくわからなかった。道造が少年のころ蛙の絵をたくさん描き、蛙の生態を研究していたのは知っていたが、じつは蛙とのつながりなんかではなくて、心平を恋愛のように初対面で決定させ、あなたが好きだった、と言わしめたその詩人格だったのだ。

　わたしもまた立原道造に「あなたが好きだつた」と言いたい人間であった。道造の顔と詩に出会うと他愛もなくティーンエージャーの時代に戻ってしまい、胸がすっぱい感じになってしまう。わたしは少女のころ外地から引揚げてきた。なじみのない日本での貧しく辛い時代に道造の詩の「美しいものへのやみがたい欲情が」（小場晴夫への手紙）わたしの生きる力になったとおもう。しかし、はじめてその詩を読んだとき彼はもうこの世に不在だった。その夭折から十数年も経過していたのだった。詩集のあとがきで知ったわたしは泣いてしまった。しばらく少女はときどき泣いていた。

いわき市で立原道造記念館の宮本則子さん、萱原真由美さんと落ち合って車で草野心平記念文学館へ。暗い梅雨の入りの雨が降っている。文学館のエントランスは正面と右手の二面がガラスである。正面は山々をバックに草野心平の詩「猛烈な天」がガラス面から雄大に浮き上がってくる。右手のガラス窓に沿ってイーゼルがいくつか並び、最初に道造手書きの詩「のちのおもひに」があった。草ひばりのうたひやまない……その字の丁寧なかそけさ。ああ、ここで道造に出会ってしまったなぁ！活字とはまったく違ったあたたかく鋭角な手書きの詩が目を洗う。

入館するまえに宮本さんから「立原道造の遺言の『五月のそよ風をゼリーにして持つて来て下さい』をどこかに展示しています。見つけてください」といわれていた。絶対に見つけるぞ、と気負う。草花や山のスケッチをのせたイーゼルの間隙から展ける右手のガラス窓にそれは描かれてあった。文字が緑色のなびくリボンにのって語りかける仕掛けである。心憎い。道造さん、今日は風とゼリーがまじったような雨が降っています。

展示会場に入る。宮本さんがプロデュースされた立原道造への愛のこもった構成である。入るとすぐに三好達治の弔詩「暮春嘆息」が左手に、右へ行くと草野心平のみごとな弔辞、自装詩集『暁と夕の詩』贈呈表もあって、道造の丁寧なきさえいるような筆跡で番号もふってあり、送った先はチェックしてある。草野心平は七十一番めに詩集を贈られているのだった。

わたしがとても心ひかれたのは二冊の自装詩集である。楽譜型の大判で『萱草に寄す』と『暁と夕の詩』。写真では見ているが実物を見るのは初めて。宮本さんのお話では、ソネットを一ページに入れるためには楽譜型の大きさにならざるを得なかったのだとか。一篇のソネットがページで分割されるのを詩人は好まなかった。道造の美意識にそぐわなかったのだ。手描きの装丁、ガラス越しだが詩人のデザインする気配が立ち上がるようで思わず長居する。詩集というものは一冊全体を含めてひとつの芸術作品であるべきだ。彼は詩にふさわしい住処をこんなにも意識した装丁家だったのだ。

「生涯と作品」のコーナーでは詩人の生い立ちを俯瞰できるが二つのことが印象に残った。ひとつは小学五年生のときの修身の答案、似合わない帽子をかぶった友人に出会ったときになんと言うかという設問に「其の帽子はあなたに似合ひませんね、僕はきらひです。」と答へます、とありその理由として「私はへつらひしたくないから、真直思つたことをいひました。」とある。立原道造の生涯の仕事をふりかえると些かもへつらいや時流に乗る気持ちがない。そのうつくしい萌芽をここに見つけた思いがした。

　もうひとつは中学一年生のときの歌に「草に寝て／いつとはなしに空を見き。／白き雲など浮びたるかな。」があって、句読点の打ち方にも詩の行分けのような不思議さがあったが、それよりも詩人は小さいころから草に寝るのが好きだったということが印象的だった。道造の詩にたとえば「粗い草の上に／身を投げすてて」とか「私はいつものやうに水邊の草に身を横たへて」また「心なく／草のあひだに　憩んでゐた」と草に寝る場面は枚挙に暇がないほどあるのだ。寝転んで雲を眺め草花の気配や風の言葉を感じてつくった詩がたくさんある。このような好みがドイツローマン派の性向に親しかったかもしれない。

　立原道造は中学時代からパステル画を描いてきた。今回は二十点以上が展示された。私には彼が住んでいた日本橋界隈の風景がとても印象深い。それは震災後間もない写実的な町の姿、紙芝居、道路工事などなどである。町の風景は後年の建築家立原の描いた建物のパースとも通底するようである。大学の課題の設計図にもアパートの一階部分に珈琲店の看板が描かれてあることなどいかにも町っ子らしい。なにごとも細心丁寧にしかし楽しんでやるのが道造流である。このような若々しいいたずら心には展覧会に来なければ絶対出会えないだろう。

彼が旅先でこまめに書いた手紙やはがきは俯瞰できるように大きなケースに入っていた。親友小場晴夫宛の手紙、冒頭の「秋雨や京のやどりは墓どなり」の俳句には韻が踏んである。そして赤い罫線の和紙に書かれた墨筆の文に句読点が一切ないことに気付くべきである。文と字の融合のうつくしさ、句読点がそれを乱すことを彼はよく知っていたのだった。その身についた周到な美意識、恋人水戸部アサイのうつくしい写真と彼女宛に旅先でナプキンに書いた手紙の若い跳ねるようなアイデア、そのナプキンの図案を取り込んだデザインも秀抜。堀辰雄からの手紙、留守にするので道案内がしてある「家族的旅館　つるや　電話五十三番」の便箋に書いてある。あったかーい師弟の心情がそのまま文字に。

ネクタイなどの遺品はただただ痛々しい。彼のように完璧なうつくしい詩を書いてしまうとミューズは詩人をこの世に置いておくのは惜しいと思うのではなかろうか。

人が　詩人として生涯ををはるためには
君のやうに聡明に　清純に
純潔に生きなければならなかつた
さうして君のやうに　また
早く死ななければ！

三好達治の弔詩である。そのパネルのある入口をふたたび通って道造にお別れした。臨場感あふれる胸いっぱいになった立原道造展であった。

（「立原道造記念館館報」38号、二〇〇六年六月二十九日）

心平さんの書

書家の榊莫山は著書『莫山夢幻』のなかで草野心平の書にふれて大阪の展覧会でのことを書いていた。心平さん（私は親しみをこめていつもこうお呼びしていた）はサインをするために中国製らしい艶めいた筆巻きをくるくると解いて豚毛の剛い筆を取出したという。「油絵の具をつけるのならいざ知らず、たっぷり墨をつけて書こうというのが、なんと豚毛の筆だったのだ。」そして「この人、あまりいい筆は好まぬらしい。」といっているから豚毛の筆は高級ではないのだろう。しかし、独特の筆圧をかけて文字を書くのが心平さんの書法だったから、それはペンでも鉛筆でも同じだった。だからむしろ豚毛の筆は硬筆に近く書きやすかったのではあるまいか。

あるとき、私は友人で日野図書館長だったSさんに草野先生に図書室に掲げる額を書いて頂けないだろうかという相談を受けた。そのころ私は詩誌「歴程」の編集をしていて、毎月の同人会では心平さんにお会いしていたが、しかし恐れ多くてなかなかそんなことは申し出られないのだった。それで秘書のNさんを通じてお願いした。書いてもらう言葉はSさんの依頼では「知は力」だった。

何日か経ってNさんはこういってきた。「先生は財部さんの依頼なら書いてあげるけれど『知は力』は嫌だとおっしゃった。『知と力』なら書こうって」

私はシーンとしてしまった。「知は力」という言葉の説教臭さ、押し付けがましさに気づかなかったなんて。恥ずかしかった。私は言葉に対する未熟さを心平さんに見抜かれてしまった。でも「あ、それなら『知と力』と書いてください」と言訳もしないで訂正したのは幸いにも相手がNさんだったからだ。

「それにお礼にお茶を送ると図書館はいってるそうだけれど、お茶はいらない。現金にして下さいって」とNさんはいった。「先生は字を書くときはまず毛氈を敷くの。それから墨を磨る。取り掛かるには何日もかかるのよ。まだ毛氈は敷かれていないからもう少し日にちがかかるでしょう」

この続きを莫山の本のなかに探すと「紙をならべ、筆をとぎ、でもなかなか書けぬ、というらしい。準備は万端ととのったというのに、煙草ばかり吸っている。詩人はいったいなんの想いにふけっているのだろう。昼が来、昼はすぎゆき、日が暮れると、酒になる。」とある。「孤峰頂上の機をうかがっているのであろう。」ともある。

しばらくしてマントを着た心平さんから書を受け取った。「おまえは鳥子じゃないカラス子だ」と言われた。ほんとに私はカラスだった。

（「鶺鴒通信」δ冬号、二〇〇九年一月三十一日）

作品論・詩人論

選考私見

那珂太郎

　財部鳥子氏の『烏有の人』は不思議な詩集である。題名の「烏有」がまづ人を驚かす。司馬相如の「烏有先生」は架空の人物をいふが、この「烏有の人」は曾てこの世に実在したが今は亡き、作者の父や、祖父や、叔父を指して言ふらしい。しかもどこまでが事実に即した記憶であり、どこからが想像により作られた幻なのか、その境界は消されてゐる。
　作品の中で子供だつた作者は、「日付と天候　受信と発信は正確に／あとは人間のその毛並みに随って好きに書け」と父に言はれたといふが、「子供日記の　日付も天候もないある頁に　わたしの一日が書かれている」として、

ひっそりと息をつめているビーグル犬をいっぴき　ドロップの空き缶に隠して家に戻りました（何という嘘つきだったろう！）
ドアがギィーと鳴って　お父さまは休んだかしら　と心臓が止まりそうになりました

などと引用されてゐるけれど、その子供日記自体が果して本物なのか、架空のものなのか分らない。別の作では、

わたしには父の実像が欠けていた　父　それが指すところのものはツタンカーメンのように烏有　うつくしい優曇華のように烏有であるらしい　詩は存在するが詩人は存在しないように　父を思い出そうとしてもそれは空無を探るように何もない

と書くが、「温泉」といふ作品では、実在の熊岳城といふ温泉に行き裸の父に抱かれて湯に入つた記憶が、描かれてゐる。「甦った人のように湯のなかからザブリと立ち上が」つた父の「正体」が描き出されるのだが、最後の一連は、

しかし　あれは温泉だろうか
湯灌だろうか
どちらとも知れない……

と無気味に結ばれる。そこに、現実とも架空とも分ちがたい空間が定着されてゐるのだ。祖父についても、叔父

についても同様である。

そして「太湖の兄」「避難行」では、非在の兄があたかも実在したかのやうに描かれる。それは安西冬衞の詩句から触発された架空の世界のやうだが（これに限らず、安西冬衞や魯迅の言葉から導き出された作が少くない）、しかもそこに作者自身の半世紀余も昔の現実体験が映し出されてゐるのだ。

一体この詩集の大半が、さういふ作者の幼少時の体験と読書体験が、長い歳月を経て作品として醸成され再組織されたもののやうである。その体験の重みが、これら作品群を裏面から支へて、詩的感銘をもたらしてゐる。

また『烏有の人』には、故人となつた私どもの同時代詩人の、草野心平や山本太郎や会田綱雄も含まれ、作中にいかにもその人らしく現れてくるが、それらはどれも感傷的でも湿っぽくもなく、むしろユウモラスな気配を帯びて、「沖で海は風の日の草原のように／千の手を揉みしだいている」といった外景の描出とともに、リアルである。（後略）

（「新潮」一九九八年十一月号）

高見順賞祝辞――『氷菓とカンタータ』

入沢康夫

私は、今日晴の受賞をなさったお二人のうちの財部鳥子さんの詩について述べて、お祝いの言葉とさせて頂きます。

財部さんの詩には、第一詩集からこの度の受賞詩集まで、変わる事なく保たれ続けている特質が二つあります。

これは一九九八年に出た詩集『烏有の人』の時にも既に述べた事ですが、その一つは、お人柄もそうですが、どの作品にも「凜々しさ」とでも言いましょうか、「凜とした気品」が備わっているということ。二つ目は、常に表現上の前衛性が着々と追究されていることです。

おおかたの詩人は、ある独自の詩の境地に到達すると、そこに腰を据えて、一定水準の作品を書き続けるものですが、『氷菓とカンタータ』の作者財部さんは、詩集毎に高い評価を受けながらも、また更に新しい実験を試みて止む所がありませんでした。いや、これからもきっとそうでしょう。

ですから、その結果として、今回の受賞詩集では、容易に他の追随を許さない、力みなぎり、しかもあくまでも新鮮な作品の集積が実現されておりますし、さらにこの作者の今後《これから》がますます期待される訳です。

それらの作品を読んでいきますと、長篇・短篇を問わず、人や自然物の「生き死に」をしっかりと見据えようとする姿勢が幾つも目に付きます。「死」に関しては、特に「非業の最期――天災や人災による不自然な死」が、幾つもの作品で話題にされていますが、これは、いつまでも消えない敗戦時の体験の記憶や、近くは東日本大震災や、深刻な原子炉事故の反映でありましょう。

この詩集で一番長い作品は、延々二十四頁にわたって展開される「大江《たいこう》のゆくえ」*です。一篇の中で過去と現在と未来、事実と想像がしきりに交錯する、これだけの大作を、始めから終りまで一定の高みに支えきるというだけでも大変な力業ですのに、味わいながら見ていくと、全体にわたって、あちこちに表現上の実験が大胆に取り入れられている、いわば一種の賭けとしての冒険作であった事や、作者はその冒険に敢て打って出て、見事に其れを乗り切ったのだという事が、判ってきます。

この『氷菓とカンタータ』は内容といい技法といい、そうした読み込みにも、どこまでも応えてくれる、深い奥行きの詩集である事に驚かされます。

この財部鳥子さんの見事な詩集に、常に新しさを求め続けた作家高見順の名を冠した賞が与えられましたのは、まことに当を得た判断として、選考に当られた方々に、心からの敬意を表したいと思います。

＊タイコウは、大江健三郎の姓と同じ漢字ですが、ここでは松花江や黒竜江を思い起させる大河の事です。

（二〇一六年三月十一日、第四十六回高見順賞贈呈式にて）

ひとつの詩、ひとつのエッセイから。

――財部鳥子論

佐々木幹郎

わたしたちは**砂糖漬の杏を静かに食べた**。
二人はほんとうに種子を抜いた甘いすこし乾してある
杏を食べていたからね、このことばを使いたかった。
アルミの皿にいれて。
砂糖漬の乾し杏。これは遊覧船の一等に乗ると熱いお
茶と一緒にボーイが運んでくるもの。

（「杏の肉」、『烏有の人』所収）

財部鳥子が詩のなかで、わたしたちを中国の大地へ連れ去ってくれるときの心地よさといったら！　なんとも形容しがたい静かな言葉のリズムと、上品なエロチシズムがただよっている。その感覚をわたしは、誰にも伝えたくないとさえ思ってしまう。そっと手で握りしめていたい、と思うほど魅力的なのだ。

詩集『烏有の人』（一九九八）に収められた「杏の肉」をはじめて読んだとき、わたしは脱帽したのである。一行が長く、散文詩と見間違うような表記法でこの作品は書かれており、「砂糖漬の乾し杏」という言葉が出てくる個所だけ、ゴシック体になっている。

中国に行くと、どこの店でもよく見かける「砂糖漬の乾し杏」。作者はただ、遊覧船に乗って、一緒にいた人と二人で「砂糖漬の杏を静かに食べた」ということを言いたいだけ。それ以外のことはどうでもいいのである。なんでもないことを、なんでもないように描き、それをなんでもないように作品にすること。これはとても高度な技法を要求する。わたしたちはすぐ、なんでもないことに意味を求めがちだし、そうでなければ情景描写をして、なんでもないことのイメージを説明しようとしがちだ。谷川俊太郎がかつて「なんでもないものの尊厳」（『定義』一九七五）と題した詩で、「なんでもないもののなんでもなさ故に、私たちは狼狽しつづけてきた」と言い、また、「筆者はなんでもないものを、なんでもなく述べることができない」と書いたことを思い出してもいい。

「砂糖漬の杏を静かに食べる」ことは、なんでもないことだ。それを財部鳥子は、ドラマチックな感情などとは無縁な、センシュアルな言葉の連なりで、次のように語る。


風に吹かれながら、なにかを逍遥しながら、**砂糖漬の乾し杏を食べる。**

その甘い酸い、そのやわらかい芳香の立つ果肉は、人の唇を噛むのに似ているから、唇の音もさせずに、とつい形容したくなる。

すると、**わたしたちは**ひそかに唇を噛みあっているのかもしれない。


右の詩句の一行日、「…ながら」が二度繰り返されてリズムが形づくられている。二行目に、そのリズムを受けるようにして、「その…」が繰り返される。ここでは、「砂糖漬の乾し杏を食べる」と「わたしたちは」がゴシック体になっているから、乾し杏の果肉が人の唇と似ているという内容と同時に表記の上でも、二つが一体であるということがさりげなく示されている。さて、次に続く詩句では、情景描写のことごとくが、書かれたとたんに消されていく。


デッキの椅子に坐っているわたしたちに吹きつけてくるのは、あいにくと一面の霧、水面の温度と外気の関係で霧は湖からいくらでも湧きでてくる。

なにも見えない。

なにも遊覧するものがない日。

しかし、煙のような霧のなかに未知の罪があればいいと、**わたしたちは砂糖漬の杏を静かに食べ**ながら思ったりはしない。

四方が見えないからつい見つめたものが恋だと思ったりはしないね。

話したいことには形がなく、未来の夢の思い出のようにまだ現われない。

あるいは過ぎた夢のように消えている。


まいったなあ、と思うのは、「四方が見えないからつい見つめたものが恋だと思ったりはしないね」という一行だ。遊覧船が霧に包まれてなにも見えない湖の上で、誰かと一緒に乾し杏の果肉を噛む、というのは格好の恋のお膳立てなのに、そんなふうに「思ったりはしないね」という、この「しないね」という軽い口調が、憎い。財部鳥子の成熟した詩の文体、言葉の技法がここにある。「思ったりはしない」と「思ったりはしないね」は、全然違う。前者には「思う」ことへの否定の論理だけがある。しかし後者には「あなたはそう思うだろうが、わたしはそんなふうに思ったりしないんだよ」という、読者の心理を見据えた言葉の運びがある。「ね」は読者に親しみをこめて念を押し、同調を強いる働きとともに、読者に同調されなくても、作者自身が自らの感慨をうべなう、という働きもしている。そういうふうに、ここでの「ね」は読み取れる。

それがこの詩の特色であり、作者の本領を発揮している部分である。財部鳥子の自由な感性。詩という形にとらわれない、読者をからかうような言葉の進め方が、この詩を奔放にさせている。作者は最初から確実に読者の顔をとらえていた。つまり、具体的な読者（どうも、詩が好きな読者らしい）を想定した上で、その相手に向かって言葉を差し出している。冒頭に引用した個所でも、「二人はほんとうに種子を抜いた甘いすこし乾してある杏を食べていたからね、このことばを使いたかった」などと、挑発するように書いていたのだ。

この詩の舞台となっている湖とはまったく別の場所だが、わたしが初めて東シナ海を船で渡り、長江の河口部に到達したときのことを思い出す。台風が過ぎた直後で、まわりは一面、赤茶けた色に包まれていた。海も河も、空までが、同じ色だった。第一、どこが海でどこが河で、どこが空であるか、見分けがつかなかった。空中に一艘の船だけが浮かんでいるように感じる時間が長く続いた。あとで調べてみると、とっくにそのときは東シナ海を離れて、長江の河口部をかなり上流まで遡っていたのだ。中国大陸の大きさをそのとき初めて実感した。しかし、その大きさを表現する言葉が、わたしには見つからなかった。

財部鳥子は中国大陸が大きいなどとは言わない。しかし、「杏の肉」を読んでいると、大陸の大きさがよくわかる。

ことばもなく無言でいると唇は甘い杏に似てくるけれど、

そのせいかわたしたちは罠に嵌まってくたびれたリスのようにも見える。

砂糖漬の杏は現われた夢のようだ。これは霧の日の遊覧船がたずさえてきたことば。世界が**砂糖漬の杏**になったといってもいいけれど、ここではわたしたちの乗っている船に限定しておこう。

砂糖漬の杏を静かに食べていると、わたしたちは揺れる船と一緒にそのことばを唱和しているような気もちになる、絶望的な**砂糖漬の杏**の気もちにね。

天と地は深々と交わっている。

これは煙霧がたずさえてきたことば。あるいは蘇東坡かも。

「世界が砂糖漬の杏になった」と言いそうになるところを、かろうじて堪える。そう言ってしまえば、あまりにも詩になりすぎなのだ。それは船の上だけのこと。そういう限定がついてこそ、なんでもない世界が大きく広がり、揺れ出す。

船からさらに、小さな一粒の乾し杏にまで気持ちを近づけていくと、初めて、「天と地は深々と交わっている」という雄大なイメージが浮かび出てくる。しかし、ここでも作者は、すぐこの詩句を打ち消している。「これは煙霧がたずさえてきたことば。あるいは蘇東坡かも」と。この作品が、詩らしき姿を取ることを極力排除しているのだ。

すべては、なんでもないこと。詩なんかではなく、ただ杏を食べたという事実だけがある世界。詩の末尾は、その事実だけを何度も確かめることに費やされていて、その繰り返しが、みごとなフィナーレを形作る。

どこかに人の祖先の裂帛の快楽が架かっていて、その記憶が甘い果肉のなかに生きてくるとしても、わたしたちにはまったく、それは**砂糖漬の杏**であるしかないことだ。
わたしたちは砂糖漬の杏を静かに食べた。
船は霧を突破して終点へ近づいていく。
わたしたちは何もしゃべらなかった。
ほんとに砂糖漬の杏を食べるほかは唇をうごかさなかった。

財部鳥子の詩の世界は、近年ますます大きくふくらんできたように思う。その土台がどこにあったのか、わたしは彼女の一篇のエッセイによって、まるで頭を殴られたように気づかされたことがあった。

散文小品と名付けられたエッセイ集『無垢の光』（二〇〇〇）に、「朔太郎の「死」のイメージ」と題したエッセイが収録されている。そこでは、萩原朔太郎の「地面の底の病気の顔」（『月に吠える』所収）の次の詩句が引用されていた。

地面の底のくらやみに、
うらうら草の茎が萌えそめ、
鼠の巣が萌えそめ、
巣にこんがらかつてゐる、
かずしれぬ髪の毛がふるえ出し、

この五行の詩句に対して、財部鳥子は朔太郎のリアルな描写に耐えられない、という感想を漏らしている。そして、中国の満州から引き揚げてくる直前の、父親の死とその埋葬についての記憶が語られる。

「厳冬に死んだ父親を埋葬するのには固い凍土を掘らなければならず、人を頼んできて死体を埋めた。翌年の夏になって引き揚げが始まったので、火葬にして内地へ持って帰るために、父の遺骸を家族で掘りかえした。「地面の底の病気の顔」はそのときの情景を私に彷彿とさせた。／ほんとうに地底の暗闇から死体を食べていた鼠があらわれた。こんがらかった蛆虫があふれでた。そして、白蠟の、父とも思えない顔があらわれたのだ。私たちは隙なく埋められているほかの死人の地表にあらわれ出た脛や顔の上にのって作業をすすめないわけにはいかなかった。その足うらの感触の気味わるさをリアルに思い出した」。
こういう「地面の底の病気の顔」評を、わたしはそれまで読んだことがなかった。朔太郎の病的な幻想は、少女時代の財部鳥子にとっては現実だったのだ。彼女は一九四六年の夏、日本に引き揚げ、十月に中学一年に編入された。地面の底から父親の遺骸を掘りかえしたのは、十二、三歳のときである。

そしてこの経験を詩に移しかえるためには、長い年月が必要だったのだとわたしは思う。日本の近代詩以来の「詩らしきもの」をひっくり返さなければ、現実を幻想化できない。あるいは現実と幻想を刺し違えさすことができない。それが、財部鳥子の詩の言語に、宿命のように襲ってきた。彼女の作品のなかに、中国という題材がうまく溶けだし、詩の方法が結実しだしたのは、近年のことなのだ。

「杏の肉」が成立させたのは、「詩らしきもの」との距離の取り方だった。なんでもない事実そのものだけを書く。そのことのなかで、余情のように生まれてくる「詩らしきもの」は捨てがたいが、それと作者との距離を描く。あるいは、「詩らしきもの」を浮かび上がらせては、即座に打ち消す。

このような方法で、詩句のコントロールが実に柔軟に仕組まれているのが、詩集『烏有の人』と、詩集『モノクロ・クロノス』(二〇〇二)に収められた、中国を題材にした詩の数々である。

財部鳥子の近年の作品のみずみずしい成果は、詩人が年輪を経ることの素晴らしさをよく物語っていて、何度読んでもわたしは感動する。

(「あんど」四号、二〇〇四年七月)

青空が目の隅に住む詩人

阿部日奈子

詩集『中庭幻灯片』の表題作で「青空が目の隅に住んでいるような青年で（つまりハンサムで）、」という言い回しを知った。人に温かく不正に厳しい財部さんこそ、青空を目の隅に住まわせたハンサム・ウーマンだ。詩中の美青年の青空は、阿片の霞がうっすらとかかった春の空かもしれないが、財部さんの場合は断然、カーンと抜けるように高く澄んだ秋の空、悲哀と歓びの両方をたたえた青碧の秋空である。

双眸に秋の光を宿した財部さんが書く詩は、いつも読むことの愉しさを存分に味わわせてくれる。詩集を開いても、エセーを読んでも、五感のいい詩人にはかなわないとつくづく思わされる。とりわけこの十年の仕事は、措辞の網で豊饒な世界を丸ごとすなどる自在な詩境に達していて、読むうちに自分のものではない記憶まで甦ってくるような深々とした奥行きが魅力となっている。たましいの故郷ともいうべき中国を主題にした『中庭幻灯片』を開けば、読者はたちまちジャムス市第一旅社の回廊に降り立って、型紙と噴霧器で壁に花柄模様を吹きつけて回る覆面のペンキ職人とすれ違うだろう。『アーメッドの雨期』を手にとれば、枯草が大きな鞠になってサヴァンナを駆けてゆく精霊の地で、マラリア熱にかかった〈わたし〉の意識は黒いレースの下着のように穴だらけになる。『烏有の人』をひもとけば、恋といっていいものかどうか、霧の日の遊覧船の客となった二人が互いの唇を噛み合うかわりに砂糖漬の乾し杏を口に含む。事象のひとつひとつが固有の色かたち、匂い、音、味、手触りをもって際立ち、響き合う世界のなんと艶やかなことだろう。風や光や気配といった見えないものを歌った一行一行が、馥郁と匂いたつようだ。ときおり潔い直喩が挟まれるだけの簡潔な詩法で、これほど豊かな世界が出現することに思わず感嘆のため息がもれる。思わせぶりなところは微塵もないのに、耽美的で官能的な香気がたちこめることにも陶然としてしまう。

この豊かさの底にあるものは何だろうと考えると、そこに一人の子供の姿が浮かび上がる。子供とは、言葉を掌握する以前の存在、言葉による分節化ができないぶん五感を全開にして外界を感受している存在だ。実生活での財部さんは、強くたおやかで現実感覚に溢れた正真正銘の大人だが、詩を書く財部さんの核には、未だ言葉をもたない子供がいて、詩人はその子を自覚的に生き延びさせているように思われる。子供の観察は断片的で構造とはならず、曖昧模糊として欠落も多いが、だからこそ細部には思いがけない客観性と侵しがたい真実味がそなわっているものだ。たとえばその子は、ジャムス市第一旅社の餐庁《サンテン》に通じる小部屋で、番頭やボーイたちに混じって過ごす午後を、無上の歓びとしていた。

……紙を切ったり、墨をすったり、トランプをしたりしているうちに、部屋全体が遅い午後の光にみたされてくる。誰かが抱きかかえて窓のそばの椅子にのせてくれる。わたしが注文した炒醬麵が餐庁の方から現れたのだ。こういうことをしてはいけないと母にきつくいわれているのに一向に言うことを聞かない子どもだった。

黒い木綿の長袍（長い中国服）を着た帳場の人たちは流行歌の一節を唸ったり、糸で綴じた帳面を重ねたり、ただぶらぶらと歩き回ったり、忙しい夕方になるまでは呆れるほど長閑である。わたしは麵を食べおわると、心身満たされた幸福でぼんやりとしてしまう。窓の外の泥と馬糞だらけの道も部屋のうちも金色の光にみたされている。どこからか聞こえてくる京劇の歌の悲鳴のような節回し、鼻の奥のほうで唸られているらしい二胡の伴奏つまり中国式ロ三味線……

（「金色の夕光」）

琥珀色の夕光に洗われて上気する、ふっくらした頬まで目に浮かぶようだ。その子は満足げに小さな手でおなかをさすっているかもしれない。だが、やがてこの一家にふりかかる苦難を、私たちはすでに知っている。一度読んだら忘れられないエセー「秋空」には、敗戦の年の九月に始まった苛酷な旅の過程がこう記されていた。

有蓋貨車に積み込まれた私たちは、長春まで普通なら六時間の距離を四日間費やして、ソビエト兵たちに掠奪と強姦の「娯楽」を提供しながら、ゆるゆると走ったのであった。私はその内容を思いださない。果てもなく澄みわたる空の下の大平原のただなかに、黒い有蓋貨車が停まっていた。それを、私は空のどこかの角度から、見おろしている。なんと美しいよい日和だろう。薄絹のような雲が一刷毛浮いていて、黄ばんだ泥柳が一本立っている。事件の内容はあの黒い貨物列車の中にそっくりあるのだから、決してなくなったりはしないと私は安心している。

つまり、思い出すのがいやなのだ。私にとっては「あり得べからざる恐ろしい出来事」だった。

恐ろしい出来事は黒い貨車の形をして平原に停まっている。子供は車両に閉じ込められているが、視線は吸い込まれそうな青空に同化して、天地に満ちる黄金の秋が人間の運命とはなんの関わりもないことを全身で感じている。絶対化でも相対化でもなく、憧れでも諦めでもなく、ただ空の広がりにとけ込んでゆく子供の目、子供の心。この子は子供だが一面で大人よりも大人びているといえないだろうか。ケストナーのエミール物語に、母親の再婚を受け入れようと努めるエミールを、祖母だか叔母だかが「自分で早く大人になった子供は、それだけ長く大人でいられるのよ」と励ますくだりがある。財部さんも早く大人になった子供で、だから長く大人でいられる大人で、そういう大人はきっと心のいちばん奥底に一人の子供を生き延びさせている。それは、言葉や規範を未だ知らずにいるけれど、世界を胸いっぱいに呼吸して放心している子供だ。自分の国籍や性別もはっきりわかってはいないけれど、目のふちに空の青さを映して遠くまで駆けていってしまう子供だ。

財部さんのみずみずしい詩は、この子供との共同作業で書かれているにちがいない。

(『第六回萩原朔太郎賞受賞者展覧会　財部鳥子展図録』一九九九年
前橋文学館刊)

生と死の境域で詩を紡ぐ

渡辺めぐみ

財部鳥子氏の作品群と向き合うたびに思うのは、財部氏が、十二歳のときの旧満州（中国東北部）からの引き揚げや満州帰りとして学校で受けたイジメや貧困などの苦労及び相次ぐ肉親の死などの数奇な運命を、ひるむことなくいかに独自の詩境で詩作品に昇華してきた人であるかということだ。幸福と不幸、生と死、生者と死者、繁栄と衰微は表裏を成すものであり、人が生きてゆく上で両者の相違を取り立てて意識すべきものではないと言っているかのような、厳かな威厳と柔軟な振幅力が、どの作品にも備わっていると言えばよいだろうか。

海の沈黙の隙間に心に兆すもの／曇りぞらの光のように／どこにでもいるよと／心平さんが　——草野心平（一九八八年没）／明るい声でいうようである

（『烏有の人』「波立海岸——天山祭の帰るさに」部分）

財部氏は故草野心平氏の創刊した「歴程」の元同人である。「天山祭」とは「いってみれば草野心平祭」であるという註が施されているが、亡くなった人の魂がこの世に遍満しているという考え方が、財部氏には常にあるようだ。それはこの詩のように詩人の心を穏やかに慰めるときもある。一匹の蛙が蛙語で幸福のありかたを夢想する「ごびらっふの独白」のような詩を書いた草野心平の、詩人としての大きさがそうさせるのだろう。

氷山は近くにあると／感じるだけの／氷の青で／いつも妹はイマージュだけ／夜は深く深く／彼女の脳髄に垂れ込めている／そこには一抹の北方の気配／夢のなかで／氷を胸に押しつけられ／衣《きぬ》裂くような声をあげた妹が／寝静まって／はじまるもの思いが／地味なわたしの服を着て／夜じゅう部屋を歩きまわっている／／氷山は近くにある／　だから　どうなの

（『胡桃を割る人』「姉妹」部分）

しかし、この作品のように、旧満州の避難民収容所で麻疹のために亡くなった三歳の妹は、解熱のためにあてがわれた氷のごとく、冷たい死を押しつけられた霊となり、姉の夢に侵入し姉の心をさいなみ続ける。妹の遺骸を埋めたまま遺骨を持ち帰ることができなかった零下四十度の凍土の冷たさをイメージさせる氷山は、詩人が年老いても近くにあるのである。だが、この癒えることのない痛みに対し、「だから　どうなの」と自嘲とも達観ともつかない一行を置く気強さが、財部氏である。悲惨な運命に翻弄されたときにも、その後遺症に見舞われたときにも、苦しむ自己を冷静に外から凝視する視線がある。

そうだ　今日は蝶も生まれる日だ／水死人も生まれる日だ／前世の約束を思い出して白髪になる日だ／こんこんと何かが流れてくる

(『氷菓とカンタータ』「大江のゆくえ——フランクのソナタ・イ長調から」の「1　第一楽章のモチーフ」部分)

沢山の水死体や凍死体／春に大江が生き返ると同じように生き返るかれら／みんなもともとそのような死体である／分解して大江になるばかりなのだから／「おーい」／少年はまだ江岸で叫んでいる

(同「4　復活」部分)

どのような現象に対しても生を俯瞰する立場で一定の距離を取る財部氏は、最新詩集『氷菓とカンタータ』のこの作品では、希望の象徴のように羽化する蝶の誕生と親族に見捨てられ水死人として大江を流れ続ける人間の遺体という対照的な存在を、等価値として並置してみせる。遥かな時の流れと大江の大きさの中で生と死は大別されることなく混交していることへの一種の感慨が、大陸育ちの財部氏にはあるのではないか。けれどもそれは、既成の宗教への依存や単なる楽観的志向性から来るものではない。妹の病死だけでなく、避難民収容所で発疹チフスで亡くなった開拓団団長であった父や飛行機事故により三十六歳で焼死した二歳半年下の弟の死の局面と対峙した記憶の力によるところもあるのかもしれない。爆心地を吹き過ぎる風のごとき過酷な体験を持つ者のおおらかさのようにも思われる。「少年」は、敗戦による混乱の中、性的凌辱や拉致などの被害に遭わないよう、両親に丸坊主にされた財部氏自身である。

　現在詩人は八十三歳だが、あるときから自らを「衰耄する女詩人」と呼ぶようになる。衰耄する女詩人が自らの母の老いを見守る作品は、少女期に死の意味を熟慮する間もなく失った妹や父、あるいは損傷の激しい沢山の遺体から身許確認を行おうとしたが見つけられなかった弟を回想した作品とは異なり、平穏な日常の中で徐々に生育してゆく命の終息への兆しを捉えている。

冬瓜のように透きとおってしまって／どうしようか
母よ　母よ／と女詩人は嘆く／海馬が見えるだけの形
いい頭のなかで／ときどき／古い銀貨が鈍い光を放っ
ている／あの記憶はなんでしょう？／衰耄してゆく娘
が／たぶん冬瓜のなかに住んでいる／みじかいエプロ
ンを掛けて／醜く小さく歯のない口をあけて泣いてい
る／／蓋のきつい香水瓶のなかに／魂を入れてしまっ
た　母よ　母よ　（『衰耄する女詩人の日々』「十二月」部分）

　この作品は、母のために作ったのでも、自分のために作ったのでもないのだろう。母の肉体と精神の衰えに困惑しながらも、あるがままにそのことを抱きとめる娘の切実な実感がこもっている。そして、哀切な直喩と暗喩が命の脆さと尊さとをさりげなく奏でるのだ。財部鳥子氏の詩を読むと、何かを伝えることが詩ではなく、ただ詩としてそこにあることで魅了することが詩であるということに改めて気づかされる。

　また、老いという誰しも避けることのできない生命の生理的な痛みを、醜悪に残酷に描くのではなく、浮力のある詩語の美しい余情で綴る財部氏の書法は、記憶を媒介に歴史の暗部を抉り出す力をも備えている。例えば女詩人の母の八十八歳の誕生日に誰かから贈られ、「ゼン」と名づけられたガラスのみみずくと母との対話の形式で書かれた「みみずく「ゼン」の思い出」には、高齢の母の衰えた脳の中にまだ鮮やかに刻みつけられている戦争の傷痕が感じられるのだ。

地下壕の土の匂いがしてきた。テロリストは死んだのか逃げたのか。空っぽの暗がりのそのあたりに、生暖かい電気のスイッチがあると思ったのに、夢を明るくするものはもう何もないのよ。戦争があったらしい。爆音は遠く去ったようだけど、誰も帰らない壕内は深くねむって揺り起こされる人のようにときどき唸っている。寝がえりを打っている。その薄暗やみのなかに毛布はどこ？　と声が聞こえる。ああ、この壕はわたしの夢に揺り起こされて唸っているのねと自然に分かってきた。そうでしょ？　「ゼン」よ。

（『衰耄する女詩人の日々』「みみずく「ゼン」の思い出」部分）

ここで興味深いのはこのあとに続く「ゼン」の返答の一部である。「ひるねの夢にやすやすと現実を受け入れないでください。かさねて言いますが、わたしには知慧もない、だから悲しみもないのです。」確かにガラス製のみみずくには本当の命は宿っていないのだから、思考も思慮も落胆もないのが当然ではあるが、生と死の区分が薄らぎ始めている老人の午睡の悪い夢に対し、「ゼン」の答えは一見優しくも非情で無機的だ。戦時下での死と隣り合わせの緊迫感や危機意識を再体験する母の不穏な精神を、受けとめ切れない「ゼン」である。けれどもこの「ゼン」の乾いた答えは、実はいかなる苦難も乗り越えて生きてゆかなければならない立場に立たされた人間の答えそのものではないだろうか。家族も家屋も財産も良き思い出も夢も、すべてを失って尚残された家族のために生きなければならなかった人間の、必然に迫られた忘却と薄情さなのではないだろうか。他国の領土への侵略の上に成立した国家、旧満州国に夢を抱いて入植した民間の日本人が、満州国の崩壊と共に味わった悲劇と、敗戦国日本の戦後の復興及び発展との間隙は、風化はあっても決して埋まってはいない。そのことを、老いた母の見る夢とその夢を背負いかねるガラスのみみずくとのいたいけで噛み合わない交流が、静かに私達に差し出しているように思えてならない。苦渋の極点を超えた体験をしたことのある者は、心的外傷により知恵や悲しみを剝奪されるところがあるのかもしれない。被災の本質は生命の深部に食い入るものだ。

　このように財部氏とその家族を被災者という特異な視点で考えると、財部氏が無念に死なざるをえなかった死者を悼み悲愴な詩を書く詩人だという誤解を生みそうだが、財部作品にはそのような哀悼詩は存在しない。幻視的な詩行により死者との共生を果たす作品には、非在の「兄」がたびたび登場する。旧満州で亡くなった妹であり父であり、飛行機事故で亡くなった弟でもあると考えられるこの「兄」は、苦労して亡くなった人々の象徴でもあるのだろうか。「兄」は苦しみや悲しみを濾過してしまったような不思議な存在感を漂わせている。

湖のまわりの白木蓮の微かなフリル／そのとりわけお菓子のようなフリルに沿って／わたしに雫がふりそそぐ／（中略）／兄には春を善きものとする時間がなかった／そのことを思いださせてしまう膨大な模糊／この茫漠とした見えない水の下から／たしかにビニールの男靴の片方が浮いてくる／（中略）／そのとりわけお菓子のようなフリルの中の／どの辺りに生まれない兄はひそんでいるのか／その名を呼べば霧が晴れるかもしれない／でも　その名をわたしは思い出せるだろうか

（『烏有の人』「太湖の兄」部分）

茫漠とした宇宙の謎にだまし取られたかのような「兄」。その「兄」への思慕と郷愁が伝わってくるが、それだけではない。妹である財部氏がその名を思い出し呼ぶことで、霧は晴れるかもしれず、「生まれない兄」が白木蓮のフリルの中に潜んでいるのだ。「兄」は死んだが、「兄」は詩人の願いによって再び生まれてくる可能性を秘めている。人の死や苦悩と詩人自身が生あることの最低限の悦びが、時の循環の中で瑞々しく溶け合っているのではないだろうか。失われた肉親は「兄」という総称を得ることで、生の総体として今生に分布したと言ってもよいかもしれない。生者が死者を思い起こすことで今生に呼び返されるかもしれない魂として。あるいは決して呼び返されることなく確かな特性を得られない魂として。

　詩集『モノクロ・クロノス』の表題作では、未来を予見できない中で精一杯生きようとした人間の生の悲哀を、時間を遡行し、淡々と描き出している。

工場の午前中はベクトル解析に熱中しすぎて頭が痛くなった。だから笑うのか？　まるでこの日しかないように、そんなに笑ってはいけないんじゃない？　やすやすと笑うな、笑うな、笑うな。
（「モノクロ・クロノス」の「［ベクトル解析］」部分）

ああ、アメリカは明るい。輝いている空虚。トーアはどこかで焼死する気分にぶつかっている。彼は焼死するのだ。その気分が姉が見ているこの一枚に保存されている。茶色に変色しているのはわたしだけが知っていて世界中が知らないこと。（同「［カナダ側の瀧］」部分）

髪も目も黒いスペイン風の若い女、トーアの妻ジョス。彼女は、ゲバラの本をたくさん持っている。ゲバラのポスターも持っている。白人の贖罪意識で日本人を愛している。トーアはバクルで他の日本人から彼女を奪ったのだ。呵責は果てもなく、ドラマのようだった。そしてトーア亡きあと、ジョスはまた日本人と暮らす。トーアよ、あなたは寂しくない？　そういうのって不純じゃない？　（同「［トーアの妻ジョス］」部分）

ひびわれた赤い革のもう鍵がさびているトランク。それが母の忘却の形なんだろう。三十年前に死んだ息子のトーアの影、トーアの視線がとらえた影を入れてある。（中略）見知らない街々を覆うクロノスの巨きな影があり……それがすべてイリュージョンであるにしても、たしかにこの古ぼけたトランクはトーアと母の偉大な遺産だ。（同「［クロノスの巨きな影］」部分）

「トーア」は、赴任先のテヘランに向かう飛行機の墜落によりインドのニューデリーで亡くなった弟哲郎氏を指すと思われるが、財部氏の小説『天府　冥府』（二〇〇五年・講談社）にやはり弟「東亜」が登場する。この小説は、財部氏が生後二カ月から旧満州の産物の豊かな天府（天国）の佳木斯《ヂャムス》市に育ち、満州国の崩壊によって避難民となり、妹や父、避難民仲間達を不衛生で食糧難の避難民収容所で次々と病で失う地獄を見るまでを、少女の目線で自伝的に描いた作品だ。「トーア」すなわち「東亜」は、太平洋戦争期に日本が唱えた中華民国、満州国及び東南アジアの諸民族との共存共栄の構想、大東亜共栄圏の東亜を想起させるための命名なのだろう。人種の坩堝《るつぼ》で育った「トーア」が、引き揚げの苦労を経て生き延びて成人し、民族の隔たりを超えて恋愛をし、しかし不幸にもその熱愛が事故という不可抗力により終焉を迎えるという物語が、この一篇に収められているのだ。弟の飛散する幸福。残された母と姉の忘却という痛みの封印。開けられないトランク。それを時の神クロノスは介入することなく見届け続けるというわけだ。

　災害や戦争などの危難に直面したとき法は人を守るとは限らない。人権という言葉すら虚しいときが訪れる。けれども私達は何があっても生きなければならない。財部氏の作品を読むとそのことを教えられるような気がする。弟「トーア」と弟を愛した者達が写っている写真が収められたトランクを、財部氏は「トーアと母の偉大な遺産だ」と述べている。私達の生の価値は成果によって測られるべきではなく、日々生きた証として測られるべきだと財部氏は言いたいのかもしれない。草野心平の詩「ごびらっふの独白」の日本語訳部分に「地上の動物のなかで最も永い歴史をわれわれがもつてゐるといふことは／平凡ではあるが偉大である。／とおれは思ふ。／悲劇とか痛憤とかそんな道程のことではない。／われわれはただたわいない幸福をこそうれしいとする。」という詩行があるが、財部作品は、このたわいない幸福の価値を逆に意識させてくれるのである。死者の影をどこかに纏いつもそれらを土壌とし、生と死の境域で自在に詩を紡ぐ財部鳥子氏は、恐らく死者の生ある時間のほうを照らし出し、取り戻そうとしているのではないだろうか。そのような作品では、失われた時を生者と死者が行き交う活気のある情景が詩行の外にも立ち上がり、現実以上の光彩を放っているように思われる。

（2017.3）

現代詩文庫 236 続・財部鳥子詩集

発行日 ・ 二〇一七年九月一日

著 者 ・ 財部鳥子

発行者 ・ 小田啓之

発行所 ・ 株式会社思潮社

〒162-0842 東京都新宿区市谷砂土原町三―十五

電話〇三（三二六七）八一五三（営業）八一四一（編集）八一四二（FAX）

印刷所 ・ 創栄図書印刷株式会社

製本所 ・ 創栄図書印刷株式会社

用 紙 ・ 王子エフテックス株式会社

ISBN978-4-7837-1014-1 C0392

現代詩文庫

新刊